大武汉故事丛书

总主编 涂文学 别道玉

武汉歌谣故事

彭翔华 著

长江出版社

图书在版编目(CIP)数据
武汉歌谣故事/彭翔华著.—武汉：长江出版社，2015.9
ISBN 978-7-5492-3791-3

Ⅰ.①武… Ⅱ.①彭… Ⅲ.①民间故事—作品集—武汉市 Ⅳ.①I277.3

中国版本图书馆CIP数据核字(2015)第232283号

总 主 编　涂文学　别道玉
副总主编　邓正兵　肖德才

出版策划　别道玉　赵　冕　肖德才
编　　辑　张　琼　胡紫妍

武汉歌谣故事　彭翔华 著

责任编辑：胡紫妍
装帧设计：刘斯佳
出版发行：长江出版社
地　　址：武汉市解放大道1863号　邮　　编：430010
E-mail:cjpub@vip.sina.com
电　　话：(027)82927763(总编室)
(027)82926806(市场营销部)
经　　销：各地新华书店
印　　刷：武汉科源印刷设计有限公司
规　　格：787mm×1092mm　1/32　6印张　117千字
版　　次：2015年9月第1版　2015年9月第1次印刷
ISBN 978-7-5492-3791-3
定　　价：18.00元

总 序

涂文学

历史是一幅色彩斑斓、五彩缤纷的生动画卷，而故事则是组成其间的一个个生动细节描述。因为故事，历史显得如此生动，因为故事，历史永葆青春活力。中国传统历史记叙中就一直有“叙事”的传统，无论是被鲁迅誉为“史家之绝唱，无韵之离骚”的皇皇巨著——《史记》，还是被梁启超称为“天地一大文也”的洋洋万言——《资治通鉴》，其叙事详明、脉络清晰、网罗宏大、繁简得宜，无一不凸显了其讲故事的高明，也因此奠定了他们在中国文学史上的重要地位。当下，在历史研究领域正兴起的“社会史”、“生活史”等学术新潮，某种程度上可说是对这一叙事传统的回归和升华，其研究更侧重于社会生活领域的衣食住行等日常行为，更关注于普通人群的喜怒哀乐。长江出版社此次编纂出版的《大武汉故事丛书》可说是对中国传统历史叙事和当下历史研究前沿的一次极富意义的回应。

美国著名历史学家刘易斯·芒福德曾言：“城市是文

化的容器。”换言之,城市并不是冰冷的生硬的钢铁丛林,而是有血有肉有灵魂有自我的生命有机体。如果说一个城市的纵向发展构成了其自身的骨架, 那么城市所独有的一个个故事则是充斥其间的血肉经脉。正是因为这些故事,城市才变得丰满而具体,感性而优雅。在中国如此众多的城市中,唯有“武汉”和“上海”能冠之以“大”。正因如此,在大武汉这方热土中,产生了多少可歌可泣、悲喜交集的故事传奇。从 3500 年前盘龙城来无踪去无影的崛起与消失,到 1700 年多年前夏口、鲁山、卻月三城的修筑,从大禹疏江导汉演绎“江汉朝宗”的神话传说到关羽洗马长街卓刀成泉的英雄传奇, 从徐寿辉天完政权的昙花一现到太平军三克武昌的惨烈战事,从“十里风樯依市立,万家灯火彻宵明”的“四大名镇”到“缔造多从江汉起,登临不觉亚欧遥”的“东方芝加哥”,从“修合虽无人见,存心自有天知”的国药世家叶开泰到“都督创造了民国,我创造了汉口”的“地皮大王”刘歆生,从伯牙摔琴谢知音的千古绝唱到屈原行吟东湖泽畔的不朽篇章,从崔颢“晴川历历汉阳树,芳草萋萋鹦鹉洲”的“七律之首”到李白“黄鹤楼中吹玉笛,江城五月落梅花”的魂牵梦萦,从武钢“一米七轧机”的战略引进到汉正街小商品市场的首开先河,从东风下山落户武汉到“光谷提案”建设创新高地,一个

个故事串起了武汉发展的历史脉络，一页页篇章写就了武汉的鸿篇巨制。故事改变着武汉，故事影响着武汉，故事成就了武汉。

今天，我们讲大武汉故事，是对古代讲故事文化的传承与发扬。通过讲大武汉的“盘龙古城”“天下四聚”“四大名镇”“东方芝加哥”等故事，记录城市绚烂历史，传承城市美好记忆；通过讲大武汉在明清、晚清和新中国曾经有过的三次辉煌，揭示武汉崛起的奥秘，读史明智，鉴往知今，从而开启城市光辉的未来；通过讲大武汉的江汉朝宗、晴川历历、白云黄鹤、灵山秀水，让更多的市民尤其是青少年了解武汉、爱上武汉，增强对自己居住的这座城市的自豪感和家园感。总之，通过讲大武汉故事，去描绘城市之美，展示城市之变，启迪城市之思，从而传播武汉声音，弘扬武汉精神。

在《大武汉故事丛书》的众多作者中，或是土生土长的老武汉，或是 20 世纪八九十年代的“新移民”；或为历史专业研究者，或为武汉本土历史的爱好者和发烧友。正因如此，这套丛书呈现出不同于其他有关武汉研究书籍的一些特色。其一，这是武汉人讲武汉自己城市的故事。故事里写就的是武汉的兴衰荣辱，故事里描绘的是武汉的风云变幻，故事里既有武汉古老、沧桑的“从前”，更有

武汉鲜活、灵动的“今生”。他们了解武汉,熟知武汉,热爱武汉。识得武汉真面目,只缘身在此城中,作者们的笔端充溢着对这座城市的大爱之情，字里行间传递着对这座城市未来的深刻期待。这些都能让听故事的读者产生强烈共鸣,共同记忆武汉峥嵘往昔,共同感知武汉本土文化,从而产生深刻的心灵互动和价值认同。其二,这是用武汉话讲武汉的故事。《大武汉故事丛书》编纂旨趣意在通过讲故事彰显武汉城市的“地方性”,因此,这将是一部充满浓郁“汉味”“汉腔”的武汉文史读物。读者从书中将会看到三镇鼎立两江汇、大江大湖大武汉的独特的城市风景,感受到武汉人豪放劲朗、趋新尚变、敢为人先的鲜明个性,体会到武汉开放包容、崇实尚利、浪漫时尚的汉韵楚风。

多年前,我在为《武汉史话丛书》撰写编撰缘起时,曾言:“城市历史的记忆材料不仅仅是一种读物,它还是城市精神的重要载体。透过它,人们能触摸城市往昔和现在的心跳,与城市进行超越时空的精神对话。在这种神交式的精神对话中找到重塑现代城市精神的原点,开拓城市新的美好的未来!”愿《大武汉故事丛书》能为传承城市记忆、传播城市本土文化价值观、重塑城市精神尽绵薄之力!

是为序。

乙未秋月于后官湖畔之自在心舍

前 言

世界任何民族、任何有人的地方都有歌谣，一个族群，可能没有文字，但一定有自己的歌谣。歌谣是人类最原始的文学乳汁和最真切的心灵营养。

歌谣，一般都是连起来说，实际上歌和谣是两个类型，中国古代有一个很著名的划分，叫“曲合乐曰歌，徒歌曰谣”(《毛诗故训传》)。“歌”要和乐，是有旋律的，多数还有音乐伴奏；“谣”为徒歌，没有旋律，但是有起伏、有节奏，有的节奏感还相当强烈，需要大声表达，需要激情传递。

本书讲的歌谣，主要是民谣、童谣、顺口溜等，它们都是一字一句念出来、一音一节说出来的。

民间歌谣有四个最基本的特征：

第一，形式比较简单、内容直白浅显。

第二,合仄押韵,念唱容易。

第三,好听好记,口耳相传。

第四,诙谐幽默,搞笑风趣。

除此以外,武汉民间歌谣还具有以下三个特征:

第一,这些歌谣全部都是用武汉(含江夏、蔡甸、黄陂、新洲等郊区)方言念唱的、流传的。方言作为一种载体,承载了地域文化,它忠实地反映了一个地方独有的人文特色,是研究本土文化的一条捷径。

第二,这些歌谣都不是老师教的,也不是学校要求学的,更不是哪个部门统一规定要唱的。它是一条蜿蜒的河,在民间自然流淌着。人们觉得它很有意思,便会主动去念唱,自觉去记忆,这个过程中,或许还有自己的添油加醋,自己的创造。一般很难考证一首歌谣的最初原创,每个演唱人都是学习者、传承者,也可能是改编者、发挥者,这就是“民间性”。这些歌谣与当今很多创作型的、用普通话念唱的歌谣有着很大的区别。

其三,从主体内容和念唱风格上研究分析,有一部分歌谣直接就诞生于武汉本地,为武汉独有,有的还曾向外扩散输出;另一部分,则是从外埠流传进来的,即便是植入,也是经过了“武汉化”的改造过程,这个改造包括语言、内容、风格、形式、表达等。总之,虽流传范围有宽窄,流传时间有长短,但都曾在武汉大地上飘荡过,在人们的口中唱响过,不可小觑,更不应漠然。

歌谣不是自然产生的,也不是孤立存在的,纷繁复杂的社会生活是它的催生婆,它与武汉地方历史、地理环境、民间习俗、文化心态、社会构成、民众类型等既有着千丝万缕的联系,又深刻地揭示了其内在本质,言有尽而意无穷,它是“武汉地方学”的重要组成部分。

这些歌谣,或许现在基本上没有人再去念唱它,甚至很少有人记得它,但重温这些珍贵的非物质文化遗产,武汉曾经跳动的历史脉搏、人们实在的平淡生活、绚丽多彩的时代风情、韵味悠长的故事传说等，都会鲜活地闪现在我们面前。将歌谣作为展示城市文化品质和历史荣耀的一个途径，作为提升城市内涵和品味的一种手段，就是笔者编写这本书的初衷。

民谣的分类比较复杂，朱自清先生曾将其分为15大类，也未见得周全、科学。本书共选用武汉各类民间歌谣118首，分35个小题，不是专业研究，只是简单地按歌谣表述的内容把它分为三个部分，即“岁月留光”“物阜地灵”“世态人情”。

一首歌谣，一段历史。“岁月留光”部分，主要是通过歌谣讲述曾经在武汉这片热土上发生的一些历史事件，讲述一些政要人物与武汉的相关故事。“孙先生”，讲的是刚辞去中华民国临时大总统的孙中山造访武汉，受到武汉民众热烈欢迎的故事。“红头洋人”，介绍了汉口租界历史以及发生在英租界的两次风潮和收回英租界的故事。“童子军与文华”，武昌文华书院创造了不少中国第一：它是中国童子军教育的首创

地，中国第一支童子军就诞生在这里；其图书馆公书林是中国第一座公共图书馆，中国最早的图书馆学科也诞生于此；中国第一支中学生铜管乐队在此建立；中国最早的红十字活动也是从文华起步的。“大汉报”，讲述了“大汉报”办报过程以及历史功绩。“打红线”，通过武汉童谣讲述“蔡锷反袁世凯”的史实。“萧衡山”，讲湖北督军萧耀南的人生。“一斤米”，讲述北伐军攻打武昌城的历史。“武汉抗战歌谣”，反映了日寇统治武汉期间，武汉民众反抗敌酋的斗争事迹。“大肚子”，讲武汉地区送瘟神、根治血吸虫的过程。“鸦片烟”讲述了林则徐最早在武汉禁查鸦片烟以及其后的禁烟历史。“地下打麻城”，讲的是有关儿童游戏“打麻城”之由来的传说故事，与历史上的朱元璋和陈友谅争夺天下有关。“苏联老大哥”，回顾了苏俄与武汉这座城市千丝万缕的联系。“笑得像粮票”和“爹爹婆婆下农村”，则是对计划经济时期的历史记忆。

一首歌谣，一份光荣。“物阜地灵”部分，主要是通

过歌谣讲述武汉城市特色和辉煌成就。“武昌九座门”，讲述了老武昌建城历史以及各城门名称、地理风貌、功能特点、传说故事等。“四明银行”，展示了宁波帮在武汉近现代建设发展中的巨大历史作用。“新市场”，即民众乐园，是武汉开业时间较早、经营历史最长的、与上海大世界齐名的一个娱乐商业兼备的、大众性综合游乐场所。“汉口也有‘洋泾浜’”，从一个则面反映了受西风东渐的影响，在中西交流日益频繁情况下，武汉社会所产生的隐性嬗变和华丽转身。“买、买、买”，通过歌谣宣传享有盛誉的武汉老字号。“过江”，说的是武汉一些地理特点、物候现象。“金银铜铁锡”，讲述武汉传统手工艺和武汉独有的“甘蔗节、磨子会”等节日盛况。“六渡桥和龙王庙”，讲述了这两个极富特色的地名故事。“喜头鱼·红菜薹”，说的是是武汉最有代表性的特色菜肴。“长江大桥”，万里长江第一桥，武汉城永久的地标，武汉人永远的骄傲。

一首歌谣，一种风情。“世态人情”部分，主要讲述武汉传统的民俗习惯，社会风情。“痴家婆”，讲的是家婆疼外孙的世俗故事，歌颂了人性的大善与大美。“吃了饼子，套了颈子”，控诉了旧时代的“包办婚姻、童养媳、小女婿”等丑恶现象。“过年三部曲”，讲述了老武汉人过年的风情故事。“客来了”，展示了三首疑似传唱了千年的武汉老童谣。“一家煨汤十家香”，介绍的是最能代表武汉世俗文化、最具人情味的特色饮食——煨汤。“六月天气热”和“新姑娘，睡竹床”，描述了武汉坊间旧时的消暑大观、乘凉文化。“一个伢的妈，真垃圾”，是几首很有特色的嘲弄谣、讽喻谣。“油子哥哥”，展示了大街小巷的一些人物风貌。“嫁人就嫁这样的人”，讲述的是20世纪80年代初女性青年的择偶标准，有时代感，有人情味。还有一些富有武汉地方特色的老儿童游戏和老儿童歌谣，带给我们的是柔情回忆和美好眷顾。“月亮走、张打铁”展示的是两首在武汉广为传唱的，也是中国最具代表性的民间童谣。

大至国家兴亡，小到儿女情长，上说天文地理，下

讲鸡毛蒜皮，悠久的历史传承，高度的社会参与，显现了民间歌谣的独特魅力；内容上的广泛涉及，表达上的酣畅淋漓，都令人对这些未登大雅之堂的草根之作刮目相看。这是热情的自然喷泄，这是愿景的优雅集结，这是灵魂的恣意升华。或许，重新唱读，能加深我们对生活在这座城市的人们更真切的了解，能凝固我们对武汉这座历史文化名城的更崇高的敬重！

目　录

第一章　岁月留光

第二章　物阜地灵

第三章　世态人情

第一章 岁月流光

孙先生

孙先生，打满清。把汉兴，坐南京。到湖北，是福星。他说话，我爱听。

这是一首童谣，选自徐明庭《孙中山与武汉》(原载《武汉春秋》2001年第4期)，另外，罗时汉著《白沙洲芦家》第93页也有这首童谣，词句略有不同。

孙先生即孙中山，中国近代民主主义革命的先行者，中华民国和中国国民党创始人，三民主义的倡导者，1912年元旦，他在南京组建中华民国临时政府，并宣誓就任中华民国临时大总统。1925年3月12日在北京逝世，

孙中山

1929年6月1日，迁葬于南京紫金山中山陵，1940年，国民政府通令全国，尊称其为“中华民国国父”。

1912年4月9日，正式辞去临时大总统的孙中山应副总统、湖北都督黎元洪的邀请，从上海乘船抵达武汉，踏访武汉五天，受到各界人士和普通民众的热烈欢迎。是时，武汉三镇万人空巷，举城瞩目，沿街两旁，彩旗招展，鼓乐齐鸣。人们把他比作到湖北的福星，所谓福星，就是民间传说之福神，常用来比喻或象征能给世人带来幸福、希望的人或事物。

孙中山此行的目的有三：一是调查战绩，凭吊忠魂；二是伤痛民瘼，督促建筑；三是哀念流离，抚慰疮痍。“他说话，我爱听”。那么他说了些什么话，武汉人最爱听呢？

孙中山高度评价武昌起义，就是他最早给武昌起义冠以“首义”之名。他向世人宣示：“武昌首义，十数行省，先后独立。所谓独立，对于清廷为脱离，对于各省为联合。”“首义”之说，由此传诵。孙中山后来还形容道：“民国开创，武汉实为首功，而诸烈士血战捐躯，其死义亦最烈。”孙中山是领袖人物，高瞻远瞩，这个“首义”的提出，自有深邃的政治内涵和非同寻常的历史意义，也给武汉赋予了璀璨的历史光彩。

对于武汉官民十分关心的本地建设发展问题，孙中山有一整套构想，此次武汉之行亦有充分表述。他演讲中热情洋溢地说："革命是从破坏中求建设，武、阳、夏三镇宜连成一片。汉口为商业区，汉阳为工业区，武昌为政治文化区"，融三镇为一市，并提出了开凿运河，修建长江大桥或过江隧道等具体建议，"于是武汉三镇，中有大江，南北有两运河，又为京汉、粤汉的两中心，形成一个大都会。若以之建设，亦是理想上之城市"。在其后的《建国方略》中，他还曾规划过武汉的城市远景，指出"至于中国铁路既经开发之日，则武汉将更形重要，确为世界最大都市中之一矣，所以为武汉将来立计划，必须定一规模，略如纽约、伦敦之大。"

早在公元1897年，孙中山就曾有将武汉作为未来新中国首都所在地首选之设想。这次在武汉期间，他也流露出迁都武昌的主张。4月12日，同盟会湖北支部召开大会欢迎他。他在会上宣讲三民主义，后来又谈到首都问题。他认为，当时北京、上海都易受帝国主义威胁。武昌居长江中游、汉水入江之交，西通巴蜀，北控秦晋，南接潇湘，东连吴会，确为天下根本重地。无论和内、御外，都便于指挥调度……辛亥首义，全国响应，证明其主客观条件均甚为优越，因此，民国新都，应该建在武昌。

4月13日，孙中山离汉去沪，他致书对武汉各界的深情厚谊表示感谢："文薄游武汉，备承各界诸公厚意欢迎，所以励勉期望之者，至殷至切，曷胜惭感……其不尽之情，留待他日重来，再为详叙。"

孙中山到武汉的次数，有人考证共有三次，武汉民间尚有孙中山见张之洞的传说。孙中山游学归来，途经武汉，求见湖广总督张之洞。他向门官递上名片，上书：“学者孙文求见之洞兄。”一介儒生，竟如此口吻，张之洞按压怒火，回了一行字：“持三字贴，见一品官，儒生安敢称兄弟。”孙中山微微一笑，回对道：“行千里路，读万卷书，布衣也可傲王侯。”字里行间尽显其气派、才学、志向。

据统计，以中山命名的街道、公园、医院等，以及纪念堂、纪念亭等建筑，全国共有2000余处。武汉亦有中山大道、中山公园等，最有名的当数汉口铜人像。据说铜像原本计划修在中山公园里面的，为了让人随时可以瞻仰，就把它改修在大路中央。

铜人像是由刘文岛于1930年开始主持修建，后因1931年武汉大水等原因搁置一年多，直到吴国桢接任汉口市长以后才继续开工，1933年5月竣工，6月1日揭幕。铜像基座四边镶有整块的汉白玉，上面原来镌刻有国民党党徽，有刘文岛撰写的“像赞”文字。

20世纪30年代的汉口铜人像

1965年，有关部门在维修时，磨掉了“党徽”和“像赞”，并给孙中山的右手上增加一根手杖。报纸上说，铜像原来没有手杖，是这次维修时添加的。但民间传说铜人像原本是有拐棍（手杖）的，拐棍里面还灌有金子，结果防不胜防，还是被人偷走了，这以后铜像的手就一直是空着的。

红头洋人

走，走，走，走到洋街口。碰到乡里人，阴倒解小手。红头洋人看见了，打他的板子，上他的夹棍，叫他滚起走！

选自彭翔华《武汉民间童谣辑注》（武汉大学出版社，2015年7月第1版，第262页）。洋街口：此处指英租界的街道。阴倒：偷偷地。阴：背。小手：一作小溲。

本谣描写了汉口开埠后的租界世态。租界如“国中之国”，享有治外法权和自治特权，在市政管理方面，有许多严格细密的章程和规定，不要说很少进城的乡里人不适应，就是常年居住的汉口人，也未必弄得清东南西北，似这样尿急而找不到方便之处的尴尬事，就不足为奇了。“打板子，上夹棍”，以中国官府通常的处罚方式来猜度洋人，极为有趣生动，亦复可笑可悲。

旧时汉口有英、俄、德、法、日五国租界，其数目仅次于天津，范围南起今江汉路，北至今黄浦路，西起今中山大道，东至江边，总面积为2804亩有余。

公元1858年，汉口开辟为通商口岸，当年就有英国水兵进入汉口，但直到公元1861年英国才与清湖广总督官文立约，划定范围，首设英租界，确定界内一切事宜由英国驻汉口领事管理。甲午战争结束后的三年间，德国、俄国、法国和日本都在汉口新开辟了租界，英国又提出拓展租界的要求，新增面积337亩，总面积增加到795亩。

汉口英租界是兴起较早、规模较大、影响较深的近代中国七个英租界之一，曾是汉口的金融贸易中心，一些知名大洋行有80%集中在界内，还有众多的银行、工厂和教堂，如汇丰银行（英资）、花旗银行（美资）、横滨正金银行（日资）、天主教圣若瑟堂、美国圣公会圣保罗座堂等。

汉口英租界曾发生过两次大的风潮，震惊全国。

当时，英租界巡捕房有西捕、华捕，还有一些从英殖民地印度调来的印捕，这些印度人按锡克教的规矩，在头上缠扎有红色的包布，汉口人叫他们“红头洋人”，上海人则称其为“红头阿三”。武汉至今有歇后语“红头洋人掉了包头布——缠不得”。

英国巡捕房，原来在太平街河边（今江汉关处）

红头洋人倚仗英人的威势，不把普通武汉民众放在眼里，再加上租界管理的一些严格严厉规定，印捕与人力车夫、小贩之间的矛盾日渐加深，终于在“吴一狗事件”中来了个大爆发。

事情发生在 1911 年 1 月 21 日的傍晚，一个名叫吴一狗的人力车夫猝死，引发了轩然大波。《申报》对吴一狗事件进行连续滚动报道，有《汉口罢市风潮始末记》《汉口罢市风潮余记》《汉口罢市案之余波》等。

关于吴一狗的死因，先“有数车夫在旁疑为印捕踢伤”，后“众口一词谓为踢伤毙命”。吴一狗家住后湖，又加剧了当时后湖填土官民之间的矛盾，“而罢市风潮已伏线于此矣”。“讵二十二日辰刻，后湖一带有人鸣金聚众，召集各车夫、土夫实行罢业”。罢工罢业，越演越烈，事态越来越复杂，有人将石块、木棍作为泄愤武器，投向印度巡捕、巡捕房，有不良分子趁乱抢砸商铺，抢劫财物。英租界领事法磊斯，调集租界义勇队和英军水兵前去镇压，死伤 20 余人。23 日，汉口各界上万人游行，抗议英人屠杀无辜的暴行。

在商会等以抵制英货作威胁的情况下，英方同意对毙伤华人作有限的补偿，但此前湖广总督瑞澂已经事先向洋人赔偿 20000 元，所以这些赔偿间接是中国政府所出的。此事的最后处理结果，充分表现了晚晴政府的极度无能、极度虚弱，而此时，这个民心丧失殆尽的政权，已然敲响了自己的丧钟。

第二个风潮，就是著名的“一三惨案”，时代不同了，其结果

汉口英国义勇队

则完全不一样。

1926年10月，当北伐军攻占汉口后，英租界当局对革命政府采取敌视态度，引起群众不满。12月26日，武汉各界集会，议决对英实行经济绝交，要求政府收回英租界。1927年1月3日下午，国民党中央政治学校宣传队在汉口英租界附近的江汉关前演说，庆祝北伐胜利和迁都武汉。英国当局调集大批水兵登陆，手持刺刀驱赶正在租界附近静听讲演的群众，当场死伤30多人，造成“一三”惨案。

1月4日，武汉各界举行会议，要求武汉国民政府向英领事提出抗议，赔偿损失，惩办凶手，派军警管理租界等。武汉国民政府即刻与英方交涉，达成初步协议。但1月5日，英巡捕又手持棍棒结队袭击群众，引起民众更大义愤。数十万人举行集会示威，会后冲入租界，英巡捕和其他公务人员慌忙逃避。武汉革命政府派军队进驻租界，并设立“汉口英租界临时管理委员会”。

经过10余轮的谈判，英国政府2月19日与武汉国民政府签署协定，将在汉口的租界交还中国。3月1日，汉口英租界工部局解散。3月15日，中国政府成立了汉口第三特别区，直属于国民政府外交部管辖。大势已去的英国人，最终结束了在汉口租界长达半个多

收回英租界照片

世纪的占领。

汉口与九江的英租界几乎同时收回，基本情况相似，史学界分别称为“汉案”和“浔案”。

红头洋人失去了倚靠，日子过得怎么样？《汉口民国日报》1927年9月7日以“被英人辞退后之印捕生活”为题报道了一则消息：“特三区在前英帝国主义管辖时，其巡捕及门役，半系印度人。自收回后，印人之辞退者，不下八十余人。其生活状况，除小部份（分）贫苦无以谋生者外，余则尚为可过，因在为捕时，将收入薪金以重利贷于华人，如车工、码头夫等，因此颇有蓄积，甚至有数万者，可以安坐而食，现亦照旧借贷，唯（惟）利息稍减。”

租界是一种侵占和压迫，没有办法，在人类社会里，弱肉强食是普遍规律，国家弱了，人穷了，只有被欺负、被蹂躏的份儿。因此，在中华崛起和改革自强的今天，我们一定要圆好“国强民富”这个“中国梦”。

童子军与文华

童子军，十二条，背不倒，扰倒毛。

选自《现代汉语方言大词典》。此谣早年在武汉童子军里面传唱，带有玩笑性质。背不倒：不会背，背不完整。扰：方言音 cěn，按住，压住；原作“瘎”，一作“逞”。据王群生先生考证，本字应为“扰”（见《湖北荆沙方言》210 页）。《说文》：“深击也，从手冘声，一说楚谓搏曰扰。”毛：毛栗壳。壳：方言音 kuō，也叫挖（wá）栗壳、毛栗角、凿栗暴等，动作为把手指弯曲起来作拳状，用中指的背尖猛击人的头顶，被击处则肿块如栗。孩童们还有一种玩法，将指背尖用力擂压对方的脑壳，从颈上一直擂到前额，戏称为“坦克翻山”。

1907 年，英国爵士罗伯特·贝登堡在英国南部多塞特郡勃朗海岛上召集 20 个男孩露营、军训，从此打开了童子军运动的大门，不久，许多国家竞相仿效，继而成为一种世界性组织。1920 年，“国际童子军总会”在伦敦成立，童子军步入快速、完整的发展时期。

武汉是中国童子军教育的首创地，早在“国际童子军总会”成立之八年前，1912 年 2 月 25 日，严家麟组织 60 个 16 岁以下男孩，在武昌文华书院图书馆举行宣誓，创办了中国第一支童子军。严家麟，别号嘉林，公元 1890 年生于汉口一个与教会常有来往的绅商

中国童子军腰带扣

家庭。他早年曾留学美国，专事考察过美国童子军教育事业。他认为："救中国非武力不可，而没有道德、知识及健全体格之国民，就不会有一个好军队。"他组织了许多有益青少年身心健康的活动。童子军的创办，就是其中的一项。

由于武昌是辛亥革命的首义之地，又位居全国经济地理中心，严家麟创办童子军的消息迅速传播开来。1913 年，上海格致公学、华董公学、基督教青年会中学和江苏无锡第三师范附属小学等地也先后创办了童子军，随即流播渐远，在各地蓬勃兴起。后来，全国童子军活动由中国童子军总会统一领导，童子军教育进一步中国化。

文华童子军大本营设在文华东楼（又名科学楼），有统一定制的服装和设备，有洋鼓洋号队，有棍球、网球等完善的体育活动场所，有组织制度、荣誉制度、徽章制度以及严格的训练制度等，可以说，从诞生之日起，文华童子军便登上了少年儿童爱国主义军事教育的标高。

歌谣里讲的 12 条，是仿效美国童子军十二条军规而制定的，其主要内容为：一名童子军必须是值得信赖的，一名童子军必须是忠诚的，一名童子军必须是乐于助人的，一名童子军必须是友善的，一名童子军必须是彬彬有礼的，一名童子军必须是有爱心的，一名童子军必须是服从命令的，一名童子军必须是时刻保持欢快的，一名童子军必须是节俭的，一名童子军必须是勇敢的，一名童子军必须是爱整洁的，一名童子军必须是虔诚的。

文华书院全景

文华书院，公元 1871 年 10 月，由美国圣公会在武昌创办，初为男童寄宿学校，名叫文惠廉纪念学堂，中文校名为文华书院，有“文章华国”之意。公元 1890 年增设高中，成为六年制完全中学，每年有寒暑两假，实施现代课程课标，这比清朝废除科举制度早 15 年，也比国人在武汉自办的第一所中学要早 12 年。1903 年又增设大学部，逐步发展成文华大学，1924 年改名为华中大学，校址在武昌昙华林街 111 号，现湖北省中医学院内，原文华中学后更名为武汉

文华书院图书馆宣誓合影

市第三十三中学。

文华创造了许多第一：其图书馆公书林是中国第一座公共图书馆，中国最早的图书馆学科也诞生于此，中国第一支中学生铜管乐队在此建立。生于武昌的余日章，是蒋介石与宋美龄的证婚人，也是中国“红十字会”组织的创立者。他最早的红十字活动是在文华起步的。

朱介凡《中华谚语志》之“湖北风土谚”有“希理达，嫁文华”的字句，这里面提到了一个与文华颇有渊源的女子学校。

希理达，全称圣·希理达女子学校，初名布伦女校，由美国基督教圣公会于公元1874年创办，是武汉近代最早的女子学校，仅比第一所教会创办的男生学校文华书院晚三年。校址最初在原武昌华中大学文学院，1912年，学校迁往小东门新校址（今二十五中所在地）。

过去教会在中国办学校，喜办一男一女的姊妹学校，如在上海办圣约翰大学，接着办圣玛丽女校；在苏州办东吴大学，接着办景海女校等。文华和希理达，亦如是。一男校一女校，同为美国圣公

武汉最早的女子学校圣·希理达纪念校刊——《希声》

会创办，同是社会声誉良好，可谓门当户对。两校相距不远，青年男女多有接触，追求婚姻自主的思潮的兴起更是激励他们撞出爱情之花，因此早在20世纪20年代时就有“希理达，配文华，不要媒人自由嫁”的顺口溜。

希理达，嫁文华，文华不要，送进干部学校。

关于这个“干部学校”，有几种不同意见，待确定。

一说指民国时期的某成人学校或军事学校。

一说指湖北人民革命大学（简称“革大”或“湖北革大”），该校最早就是在现在的湖北中医学院内办学的，离希理达不远。湖北革大自1949年6月至1953年5月共创办4期，培养政治、经济和文化等各条战线干部15416人，少部分分配到中央和部队，多数人一直在省直和各地市州县从事领导工作，所以人称“干部学校”。

一说指“武汉市第一区委（以后的武昌区委）市政府机关干部

文化学校武昌分校”，该校成立于1949年底，1950年正式改名为“武汉市武昌区干部业余文化学校”。

另还有“希理达，嫁文华，文华不要希理达”之歌谣。

大汉报

大汉报，真个巧，见了它，胆大了。

大汉报，真胆大，人人怕，它不怕。

第一首选自白雉山《胡石庵与“大汉报”》，原载《世纪行》（2011年第5期）。第二首选自袁继成等编撰《汉口租界志》（武汉出版社，2003年12月，第321页）。这两首童谣词句略有不同，实际是一个意思，就是真心赞扬《大汉报》。

《大汉报》由革命党人胡石庵经营并任主编。创刊宗旨是“以言论造成民国，鼓吹共和”。该报日出一小张，最高时销数三四万份，除鄂省外，远销苏、浙、皖、赣、湘、闽等地。

时人赞曰“胡石庵一支笔，胜过吾辈三千毛瑟枪”，连海外华侨及外国报刊通讯社也称其为“新英物坠地”“支那文字之怪物”“革命党之利器”“革命党所恃以挠动天下者”等（详见《武汉市志·新闻志》第31页）。

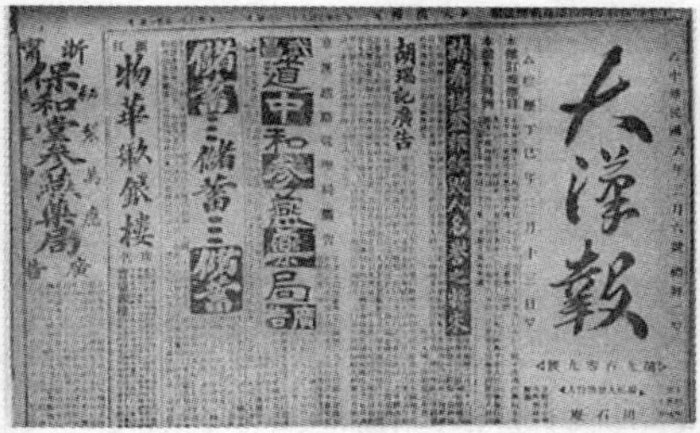
大漢報

《大汉报》

一张小小报纸，竟然有如此之大的作用，如此之高的评价，道理何在？说起来还是蛮有味道的。

武昌起义是文学社、共进会等组织用枪炮来证明革命目标的一场战斗，而革命报刊则是用犀利的文字、正义的主张来抢占舆论市场，打击敌人的另类斗争。二者双管齐下，枪杆与报纸，就像孪生兄弟，都是意义等同的革命。

在武昌起义的前夜，有一张鼓吹革命、声震敌猷、影响广泛的报纸，它就是武汉的《大江报》。该报曾有两篇堪称是惊世骇俗的著名时评，一篇是何海鸣的《亡中国者和平也》，文章认定“和平”是“亡中国”之道，只有革命才能拯救中国。另一篇是黄侃的“醉作”，由詹大悲编定的《大乱者救中国之妙药也》，文中的“大乱”，实际上就是“革命”，就是公开号召民众拿起武器，推翻满清。

堪与《大江报》媲美的，就是胡石庵的《大汉报》。

武昌起义后的第五天，即 1911 年 10 月 15 日，《大汉报》在汉口创刊，宗旨是“以言论造成民国”。胡石庵一人自采、自编、自校，采用黄帝纪元，声援革命。创刊之初，《大汉报》发表了大量文章，起到了安定人心、稳定大局、鼓舞士气的作用。

《大汉报》创刊号上，头版头条刊登的是以“中华民国军政府”名义写的《布告国人书》，声讨清政府的腐朽统治，号召全国速起响应，共同推翻清政府，建立共和民国。文中慷慨激昂地言道：“军政府恭行天罚，义无返顾，谨申大义，以告国人。维我伯叔兄弟诸姑姊妹，既明此义，宜及时奋起，云集响应。无小无大，尽去其害；执讯厥魂，以奏肤功。”不过，这篇讨伐清廷的战斗檄文，并非“中华民国军政府”授权书写，实际是胡石庵自编自书的假冒之作。

第二天，胡石庵又假托“大总统孙文”，发布《告同胞书》，此虽非出自真孙文之手，但却轰动了武汉三镇及外埠地区，如大旱之甘霖，供不应求，每份卖到一两元，京津那边甚至有人以五十元一份的高价买报，足见人心向背，足见文字魅力。

胡石庵文笔老道，神思飞越，笔头子如流水，一泻千里。阳夏保卫战中，革命军与清军日夜激战，硝烟弥漫，他冒着枪林弹雨，白天上前线采访，夜间回家中为文，一大早报纸便印刷出版，官兵士民争相阅读。1911 年 10 月 28 日汉口馆址被焚，胡石庵坚持到最后才化装出走，哭奔武昌。

11 月 5 日，《大汉报》在武昌复刊，胡石庵临危疾呼：“《大汉报》当与武昌共存亡。”令人意想不到的是，他在半日之内，竟然增发“号外”六次，这些杜撰的战时新闻，如“各省捷报、援军立至、清军倒戈、北京反正”等，居然起到了很大的鼓动作用，接二连三的好消息，让慌乱无主的人们信以为真，动荡之心这才略微安定。

胡石庵又作《劝北军同胞》书，数万言白话文，浅显易懂，按日连载，并派人在汉口租界等地四下散发。有报道说，不少清兵读后，顿生异心，或抱抢消沉，或弃枪逃跑，或举枪投诚。

“鄂风泱泱，扇遍天下”，《大汉报》影响日渐广泛，名气日渐隆升。时人有诗称誉《大汉报》：“开元国庆无双日，革命文章第一篇。佳期恰在重阳后，首义争传一纸先。”英、德、美等国报纸亦载文赞扬其为“革命之先锋”“民国之第一张报纸”。中华民国两任大总统和三任副总统的黎元洪欣然题赠“赤手回澜”的匾额。

袁世凯任大总统后，争授胡石庵“四等嘉禾章”，不料胡石庵洞穿袁世凯的野心，坚辞不受，并在《大汉报》上发表《退还袁世凯所授勋章》诗，嘲讽道：“乾坤正气销磨尽，狗尾羊头亦巨公。”段芝贵分饬武昌时，汉口警备厅封闭《大汉报》，逮捕胡石庵。袁死胡出狱，时人有胡石庵“吹倒清王朝，骂死袁大头”之语。

《大汉报》的“骂”实在是太有名了。民国建立以后，该报经常猛烈抨击军阀政府、军政人物，除了“洪宪称帝”外，“张勋复辟、安福当国、曹锟贿选”等都逃不脱它的严厉责难。

1926 年 10 月 23 日，胡石庵在汉口病逝，《大江报》终刊。友人居正为其遗像题赞:“公之别号，石可补天; 公之才学，笔大如椽。”

孙中山曾对报界感慨：“此次中国推倒满清，固赖军人之力，而人心一致，则由于各报鼓吹之功。”他把革命报刊称作是“舆论之母”，认为舆论是可以引导，而且是少数先进分子应尽的革命职责。胡石庵和他的《大汉报》，似乎印证了孙中山的言辞。

打红线

鬏鬏辫，打红线，上茶馆，卖汤圆，汤圆汤圆卖完了，鬏鬏辫长长了。

选自朱介凡《中国儿歌》第165页，鬏鬏辫，原作“纠纠辫”。另外，北京大学歌谣研究会《歌谣》（1923年6月3日，第2版第1卷第21号）也载有此谣，曹胜之搜集。鬏鬏辫，原作“交交辫”。

这是清末流传于武汉坊间的一首嘲讽谣，嘲笑扎鬏鬏辫的孩子不会做生意，等到汤圆卖完了，辫子也长长了。鬏：方言音 jiū。鬏鬏辫：原义指头发盘成的结，这里指在清末民初武汉地区的一种儿童发型，束发于顶，显得很精神，很活泼。打红线：用红丝线或红绸绳扎辫子。打：编扎。汤圆又名元宵，老武汉人也有把它叫做“粉圆子”的，分有馅、无馅两种，一般用水煮食。长长了：前“长”为动词，方言音 zǎng；后“长”为形容词，方言音 cáng。

1915年12月12日，袁世凯昭告天下，为了“救国救民”，顺应民意，他只好接受帝位，帝号“洪宪”，改中华民国为中华帝国，推行君主立宪制。据符号《蔡锷起义与武汉歌谣》（原载《纵横》

2002年第11期）一文介绍，1916年3月23日，做了83天皇帝的袁世凯被迫宣告退位，其后不久便郁郁而终，武汉坊间旋即传出了新版的“鬏鬏辫”：

鬏鬏辫，打红线，开茶馆，卖汤圆，汤圆蚀了本，回来打磏滚。

与上首相比，文字虽略有改变，寓意却大相径庭，此为民间影射“蔡锷反袁”之谣歌。

鬏鬏辫，下扎上松，一走一甩，像乌龟尾巴，所以武汉人又叫它乌龟辫。乌龟，暗指蔡锷。东汉末何宴集解：“蔡，国君之守龟。”唐元和十二年（公元817年），韩愈从裴度平淮西之乱，贺捉白龟曰：“蔡者龟也，今始入贼地而获龟者，是获蔡也。”把捉龟作为破蔡的先兆。湖北黄梅有地名曰蔡山，《禹贡》载：“九江纳锡大龟，世传五阜湖所出。”《方舆纪要》载：“春秋传大蔡，盖以山得名，蔡即龟，故名蔡山。”

此处的打红线，指蔡锷组织护国军反袁起义。红线，与袁世凯国号“洪宪”同音，打红线就是攻打洪宪皇帝。汤圆，即元宵。正月十五为传统的元宵节，“元宵”与“袁消”谐音犯讳，据说袁世凯曾下令把元宵改为汤圆。汤圆蚀了本，暗指袁世凯“退位”。蚀本：亏损本钱。蚀：方言音 sé，一作折本。打磏滚：在地上来回连打几个滚。磏：方言音 liàn，滚过地面，原作“打连滚”，此

蔡锷和他的长子（族谱名蔡泽琨）

暗指袁世凯称帝不成，反落得个身败名裂的可耻下场。

蔡锷，原名艮寅，字松坡，湖南人，是中国近代史上著名的爱国将领和杰出的军事家，现今汉口、长沙、邵阳、洞口等地都有“蔡锷路”，可见其非比寻常。他的人生很短暂，只活了 34 岁，但做了两件名垂青史的大事，对中国近代史产生过巨大影响。一是成功地领导了云南辛亥武装起义，二是领导了反袁世凯复辟帝制的护国战争。其中，最为人们熟知的是“护国讨袁”。

1913 年 10 月，袁世凯以“准给病假三月，召来京调养”为名将蔡锷调到北京，后来表面上任其为全国经界局督办，实际上剥夺了他的军权，并加以严密监视。袁世凯复辟帝制，招来八方怨恨，蔡锷更是义愤填膺，貌似意志消沉的他决定用计回赴云南，发动讨袁武装起义。1915 年 11 月，蔡锷秘密离京赴津，旋以治病为名东渡日本，后经台湾、香港、越南抵达昆明。12 月 25 日，蔡锷与唐继尧等人宣布云南独立，发动护国战争。蔡任护国军第一军总司令，唐为云南军政府都督，组成护国军三个军，分别从四川、湘西和广西出师讨袁。1916 年春，蔡锷率部在四川纳溪、泸州一带打击袁军主力，有力地配合了其他方向军队的行动，推动了全国反袁运动的发展壮大，最后迫使袁氏取消帝制。

袁世凯

蔡锷与京城名妓小凤仙的传说故事流传甚广，见诸众多野史报章，知音绝响，伊人无觅，哀怨缠绵，曾为一些文学、戏曲、影视作品所津津乐道。

不管世人对袁世凯如何评价，都不得不承认他是著名军事家、政治家，是中国近代史上最具影响的历史人物之一。这个屡试不第的布衣，居然演绎了“文场失意武场补”的人生大戏。他凭借着慎密的权术和超人的胆识，韬光养晦，步步攀援，终至顶峰。他是清王朝最后一位总理大臣，是中华民国第二位临时大总统，还穿过龙袍当过皇帝。有的人说他是复辟帝制的国贼，有的人说他是推动共和的能人，无论怎样，洪宪皇帝终究是一个历史笑话，那么，在民间盛传“打洪宪”的谣歌便是再自然不过的事了。

据朱建颂先生回忆，早年间，电压低，有时只看得见灯泡里的丝是红的，遇到这种情况，他的母亲便会念叨：“唉，又是洪宪（红线）元年！”这是讲红灯丝很短。“洪宪”只有元年，一般用来表示时间短暂，这算得上是武汉方言的新典故、新成语，遗憾的是，早就听不到这种说法了。

李岳南《民间戏曲歌谣散论》（上海出版公司印行，1954 年 1

月）中载有“袁世凯谣三首”，其一曰：“大总统，洪宪年，正月十五卖汤圆。”这与武汉的“打红线”有着异曲同工之妙。

萧衡山

萧衡山，王八蛋。娘下堂，儿做官。坐湖北，大天干。盐涨价，米加捐。赚黑钱，买红砖，砌的洋房三丈三，框了萧家半个湾。黄狗子进，黑狗子钻。苏太太，跟华山。

选自桂琴甫《谈民歌民谣的战斗性》(原载1984年《赤壁文艺》)。

据桂琴甫先生讲，为了收集和核实这首歌谣，他曾到萧大湾住过一个月。笔者在寻访萧大湾时，也曾亲耳听过一些老人传唱，只是不如桂先生收集的完整。下面有关解说，参考了桂先生口述以及李森林《萧家庄园》（董玉梅主编《百姓系列丛书——百姓摄影之老建筑》，武汉出版社，2010年10月）等文章。

萧衡山，即萧耀南，字珩珊，一作衡山，因其祖籍浙江兰陵，也常被人称为萧兰陵。公元1875年出生于黄冈县孔埠镇米筛村萧大湾（今属武汉市新洲区汪集街）。北洋政府时期，曾任第二十五师师长。1921年，湖北“驱王”，要求“鄂人治鄂”，萧耀南奉令率部进驻汉口，声称“援鄂不援王”，逼鄂督王占元辞职。同年8月，

萧耀南戎装照

北京政府任命萧耀南为湖北督军。1922年7月，拒汤芗铭入鄂主政成功，总揽鄂省军政大权。1924年1月，萧耀南兼任湖北省长、湖北督军、两湖巡阅使等职。

王八蛋：“王八”即“忘八”的谐音，原指忘记“礼义廉耻孝悌忠信”这八种品德的人（见赵翼《陔余丛考》）；王八蛋，民间比较普遍说法是指女人与人通奸而生、或妓女生的孩子，也就是所谓的“野种、杂种”，这是一个侮辱性的詈词。

娘下堂：指萧母再嫁之事。萧父原为走街串村的摇货客（四方游走的货郎），其母系葫芦嘴村一寡妇，与萧父先孕后婚，先作偏后扶正。下堂，旧时指离婚、再嫁。

大天干：萧耀南主政湖北期间（1922—1924年），湖北多地连遭大旱。

盐涨价，米加捐：盐米是最基本的民生物质，涨价加捐，说明当时民众负担沉重，民生艰难。

砌的洋房三丈三：指修建萧耀南庄园。庄园位于萧大湾，1922年动工，至1925年“退省居室”建成，工程竣工，占地40余亩，耗资约 70 万银元，建有围墙和东西二门，内有西式大楼、正屋、偏室、客房、学堂、育花间、小平台、织房、仓库、厨房、马房、花园、苗圃、亭阁等。东门石桩上刻着“两湖巡阅使，炳武上将军”十字，气势张扬，豪华奢侈。三丈三：虚指，言其大。框：方言音 kuāng，占，围。

黄狗子进：指往来庄园的正规部队，因着黄军装，故名。黑狗子钻：指往来庄园的地方警备队，因着黑制服，故名。

苏太太：指萧耀南原配夫人。萧耀南先后只回过庄园两次，苏氏长期独居萧大湾。华山：萧大湾户长萧华山，为人不正派，传闻其与苏太太有染。

1923 年，萧耀南在汉口后城马路建造了一座豪华公馆，因毗邻昌年里，人称“昌年里萧公馆”。1925 年 3 月，收回汉口俄租界，萧耀南以萧姓郡望浙江兰陵改原俄界列尔宾街名兰陵路，并沿用至今。1923 年 2 月 7 日，震惊中外的“二七”惨案，萧耀南是直接执行者；1923 年 10 月，萧耀南积极参与曹锟的总统贿选；1924 年 5 月，制造“汉口党狱”；1925 年 6 月 16 日，捕杀萧英等人，通缉参加援沪运动者……

尽管劣迹斑斑，但实际上民间对萧耀南贬褒不一。萧耀南督鄂五载，也做过一些为桑梓修桥铺路、兴办学堂、赈济灾民、首捐巨款之类的好事。他发迹后，在新洲修筑鹅公颈大闸，人称“萧公闸”，为家乡捐建过石桥一座，并兴办兰陵小学。“提倡风雅，嘉惠士林”，

萧耀南五秩纪念章

1922 年，他将湖北的几所专科学校改为大学，请石瑛任武昌大学校长，武汉大学就是在武昌大学的基础上建立的。1923 年，江陵大水，萧耀南调派军队堵防堤防溢口，并组织编撰《湖北堤防纪要》。1924 年初，萧耀南拨款修葺运动场馆，使第三届全国运动会得以在武昌顺利举行，在当时条件下被西方人称为“一项奇迹”。 萧耀南在任期间，还捐资为武昌长春观修建了藏经阁。

1926 年 2 月 11 日，萧耀南感风寒病倒昏迷，经中西医医治后情况尚好，不料又遭风寒而转为急性肾炎。2 月 14 日（正月初一）早晨病危，德国医生进行灌汤，在灌肠过程中萧死去，享年仅 51 岁。自病到亡统共只有三天，故引起社会猜测。萧死后，由省政府出资 10 多万治丧，遗体运回原籍安葬。

萧耀南无子女，有两个侄儿在老家，新中国成立不久，即被镇压。萧耀南的姨太太赵英，人称“湘楚一绝”，也是个有故事的人。

一斤米

一斤米，一斤金；一升糠，一块银。

北伐军骑兵攻入汉口

选自罗时汉《白沙洲芦家》第106页，此谣产生于北伐革命军围困武昌城期间。

1926年7月9日，国民政府成立国民革命军从广东起兵，开始了北伐革命的统一战争。北伐军首先向吴佩孚盘踞的湖南、湖北进军，7月12日占领长沙，在湖北汀泗桥、贺胜桥两役中，气势如虹，击溃了吴佩孚主力，饮马长江。北伐军多次进攻武昌，皆因城垣高大、防守严密而损失惨重，铩羽而归。蒋纬国总编著的《国民革命战史第二部：北伐统一》（第二卷）有如下记载："革命军围攻武昌城，吴守军借城墙构工防御，并用射击、烧夷、阻绝诸手段，使革命军攻城战斗，屡遭顿挫……"

北伐军占领汉阳、汉口后，吴佩孚逃往河南，于败北中，命其第八师师长刘玉春为武昌城防司令，委托其率兵死守武昌，等待豫、赣援军。孤城武昌被围，长达40天。

刘玉春在不得志时曾得吴佩孚提携重用，有如故交，因而感激涕零，以死相报。和他共同守城的还有陈嘉谟，1926年2月14日，湖北督军萧耀南暴死，陈嘉谟继任湖北督军职务，但他资历较浅，实力不够，难服众望，且于战事前景态度较为暧昧，不愿出头应付当时的混乱局面，甘居其次。

起义门

围困武昌城，断绝了城内与城外所有的水陆交通。生存最大威胁就是粮食严重匮乏，饥饿和死亡笼罩着全城。吴军早就有困守武昌的打算，事先已作准备。当时，武昌城有两大米厂：一个是人们很熟悉的曹祥泰，另一个是张万太。曹祥泰实力雄厚一些，就由刘玉春部将其所有的囤米全部拿下，张万太厂的囤米就给了陈嘉谟。同时，他们还封存了各商号、店铺所有的存粮充作军用。随着围城时间的推移，粮食供应愈加紧张，一些守军便开始大肆搜掠百姓粮食，只要是搜到的，全部拿走，颗粒不剩，那些看起来稍微好一点的人家，一而再、再而三地惨遭洗劫。抢劫者主要是溃逃城内的杂牌军，刘玉春的队伍一来有准备，二来吴佩孚治军较严，甚少扰民。

宾阳门（今大东门）

是时，滞留在武昌城内的居民有 20 余万（一说 10 余万），贫苦人家，无隔夜之粮；小门小户，最多有个三五天存粮，令人恐怖的粮荒和饥馑威胁着人们，即便有钱，也买不到粮食米面。猫狗兔鼬被捕杀得干干净净，整个武昌城听不到鸡鸣犬吠，就连飞鸟也不敢从城上经过；城内湖山的荷梗、野菜被采摘得丝毫不剩，就连树叶、草根也被人用来裹腹度命。饿死恐怕是人类遭遇的最可悲、最无奈的死法，然而越来越多的老百姓只能眼睁睁地在饥饿挣扎中痛苦死去，武昌城内，遍地饿殍，四处哀鸣。

据余品绶先生讲述，他祖父时困城中，其诗作《围城杂咏八首并引》（原件藏辛亥革命武昌起义纪念馆）中有大量描写当年城内百姓之苦的诗句："所苦城中民，向隅各蒙乱。何时破此坚，吾侪免涂炭。""天民天不惜，垂老任饥饿。""巷无鸡犬声，昼有饥鼠逐。老弱不能兴，拥被闭门哭。"

武昌守军弹尽粮绝，人心涣散，大势已去。1926年10月9日晚，北洋军第三师一贺姓团长开城投降，刘玉春退守蛇山，最后被活捉，陈嘉谟在汉阳门混入百姓中准备出城时被抓捕。10月10日，历时40天的武昌攻城战才告结束。

"嗟我将士！保此国家。嗟我将士！保此人民。"

无论是台湾的《国民革命战史第二部：北伐统一》，还是大陆中央档案馆所编之《北伐战争（资料选辑）》，有关武昌围城的官方记载，均只字未提城内百姓的疾苦与饥饿，记载的都是攻城将士是如何地英勇，守城官兵又是何等地顽固，而"一斤米，一斤金；一升糠，一块银"的普通谣歌，虽只有区区12个字，却从一个侧面描绘了那段逝去的历史，把我们带进了一个悲壮而惨烈的画卷之中。

1926 年 10 月，北伐军攻下武昌城后不久，湖北省政务委员会即作出拆除武昌城垣的决定，任命万声扬为拆城委员会主任，并设置武昌拆城办事处，负责办理拆城事项，武昌城垣开始拆除，至 1929 年 6 月，拆除工程完毕，只留下起义门（中和门）城楼，以纪念辛亥起义。从此，武昌无城。

“光荣北伐武昌城下，血染着我们的姓名……”

武汉抗战歌谣

1938 年 10 月 26 日，日军打进武汉，开始了对武汉长达七年的血腥统治。虽然，在武汉没有出现过“南京大屠杀”的惨绝人寰的暴行，但日寇在武汉的统治依然是残暴的、恐怖的。武汉民众尝尽了当亡国奴的滋味，同时，他们反抗敌酋的暗火也一直在燃烧。

东洋飞机到，街上拉警报。它有机关枪，我有高射炮。它有大炸弹，我有防空壕。它有意大利，我有俄国茗。

选自罗时汉《武汉往事》第 128 页。这首歌谣产生于 1938 年

陈怀民（1916—1938），江苏镇江人

上半年的武汉，国民政府迁都重庆后，九省通衢的武汉成为战略前沿，日军密集空袭的重点。中国空军在苏联空军志愿队配合下，英勇抗击，与日机多次在长空鏖战。据《武汉市·军事志》有关记载，在1938年2月18日、4月29日、5月31日的三次大空战中，我方共击落日机49架，极大地打击了日军的嚣张气焰，鼓舞了全国军民的抗日斗志。武汉大空战，是中国抗日战争史上乃至世界战争史上最著名的空中战役之一。

在1938年4月29日武汉大空战中，年仅22岁的中国空军英雄陈怀民奋勇杀敌，击落一架敌机后，被五架敌机包围。在战机受伤、自己中弹的危急关头，陈怀民放弃跳伞求生，驾机撞向日本战机，血溅长空，可歌可泣。陈怀民用热血和生命演绎了一段悲壮的长空浩歌。

东洋是中国古代人的一个地理区域概念，后专指日本，与西洋相区别。意大利，此处泛指与日本结盟的德国、意大利等轴心国成员。

苕：傻、憨的意思。汉口开埠，各方洋人纷至沓来，老武汉人把欧美人称为“西洋人”，把日本人称为“东洋人”，唯有俄国人称为“俄国苕”，讥其外表憨大、笨拙。当时沙俄已不存在，沿袭旧例称呼苏联人，这是一种戏谑。我有俄国苕，我们有苏联空军的支持和帮助。

天不怕，地不怕，就怕飞机屙屉屉。天不怕，地不怕，就怕汉奸打电话。

苏联援华空军在汉口机场

武汉民众用惊愕、复杂的眼光观看空战

儿时习唱。这首童谣也是讲当年的空战。

从来没有经历过飞机轰炸，更没有看见过飞机打仗的武汉人，空战之时，很多人跑到屋外抬头观看，表情复杂，有惊愕、有沉痛、有平静、有凝重，流传至今的一些老照片记录了这一个个的瞬间。

屉屉：大便的俗称。屙：方言音 wō，排泄。用“屙屉屉”来形容敌机丢炸弹，童言童语，不仅形象生动，令人莞尔，而且含有轻蔑的意思。

打电话：指汉奸打电话提供情报，泄露军情，向日寇告知地面情况和轰炸目标。民间有一传说，汉口新市场（民众乐园）有个“万能脚”，此人两手皆无，然双脚十分灵活，甚至能穿针引线，常在舞台上表演，很受欢迎。但这家伙是一个隐藏的汉奸特务，日机轰炸时，他用双脚发电报，向鬼子提供情报。不知此事属实与否，空战以后，人们再也没有看见他上台表演了。

开路一马司，走路带派司。冇得派司，打断你的胯子。

选自何祚欢2005年8月13日湖北电视台《周末说事》，《周末说事》是何老师在湖北电视台主持的一个专题节目。

开路一马司，日文“帰ります”。“帰”的发音接近于“卡哎路（开路）”，意思是“回家，走”；“ります”的发音接近于“一马司”，日语敬体，没有什么实质性意思，相当于古汉语里的之乎者也。

派司即通行证，系英文“Pass”的音译，方言音pǎ si，这里指日寇颁发的居民证件，开始叫“良民证”，后来改叫“安居证”。

日军统治武汉时期，在汉口划分难民区、安全区，在武昌划分军事区、轮渡区、难民区。他们在难民区街道两端设立木栅栏，实行“宵禁”，发现行人即当场枪杀。后来“宵禁”虽然解除，但行路必须携带“安居证”，每经过一道哨卡，必须鞠躬，然后立正听任检查。日军稍有不满，对普通的百姓不是一耳光，就是一胯子。胯：

方言音 kuǎ，原指腰和大腿之间的部分。胯子：腿子，有时连说“大腿胯子”。一胯子，就是踢人一脚。此谣从一个侧面记录和反映了这一惨痛的历史事实。

一进宪兵队，有去冇得回，就算回来了，也要成残废。

阎王大门朝西开，胡里麻里抓进来，各种刑罚都用尽，天天都把死人抬，惟愿鸡叫快天亮，惟愿日本鬼子早垮台。

这两首歌谣选自 2014 年 7 月 7 日《武汉晚报》，由徐明庭先生提供。徐明庭先生是武汉市文史研究馆终身馆员，有武汉“活字典”之称，对武汉抗战史研究很深，编著有《武汉抗战史料选编》等书籍。

位于中山大道南京路口的武汉图书馆期刊外借处，即原大孚银行旧址。大孚银行由汉口商会会长黄文植等集资筹建，于 1935 年委托景明洋行设计，汉口钟恒记营造厂承包修建，1936 年竣工交付使用。大孚银行系一栋钢筋混凝土四层大楼，转角处计五层，为大门入口，朝向中山大道，当时被称为“摩登大楼”。1938 年武汉沦陷，总行迁往重庆，日军设汉口宪兵队于此。据徐老回忆，当年此处是日军的杀人魔窟，刑讯手段极其残酷，每当夜深人静

汉口南京路口大孚银行

时，周围的居民都能听到阵阵惨叫声，有人甚至受不了而跳楼。进了此门，就相当于判了死刑，侥幸生还者极少，所以人们称它为令人恐怖的“阎王殿”。现在，这栋大楼表面还能看到几道浅绿色波纹长条，那是战争年代建筑物身披的防空伪装，复原后依旧保留了这个外观模样。

东洋鬼子矮又矮，侵略中国拐又拐，总有一天抓到你，把你塞进麻布袋，等到三更半夜后，抬到江边就一摔，摔呀摔，水流长江归大海；摔呀摔，叫你呜呼又哀哉。

此谣由徐明庭先生传唱，表达了武汉民众对日本鬼子侵略行径和残暴肆虐的刻骨仇恨。

东洋矮子：指侵华的日本鬼子，因日本人的个子普遍不及中国人高，又处在东洋海岛，故称“东洋矮子”。早在明朝，就有大量日本海盗入侵中国沿海，时人称之“倭寇”。倭：矮人也。公元1868年，自日本明治变法维新后，便将对外侵略定为国策，近百年来，日本疯狂侵略中国以及其他东亚国家，给这些国家和人民带来了深重的灾难，1945年8月15日，日本战败投降。拐又拐：坏到了极点。拐：坏。呜呼又哀哉：即呜呼哀哉，原为表示哀痛的感叹语，旧时祭文中常用，这里指日本人死亡、完蛋，有大快人心之意。

大肚子

武汉人俗呼出怀的孕妇为大肚子，但这里的大肚子特指血吸虫病患者。血吸虫是一种寄生虫病，也叫大肚子病、腹胀病等；古代文献称“蛊”或“水蛊”，多因皮肤接触了有血吸虫幼虫的疫水而感染。隋代巢元方等《诸病源候论·水蛊候》云：“此由水毒气结聚于内，令腹渐大……名水蛊也。”现代研究证明，血吸虫幼虫寄宿在钉螺类体内发育，成熟幼虫通过皮肤或口腔进入而终宿在主人体内。常人感染后，初期可见发热恶寒、咳嗽、胸痛等；日久则以胁下症块、臌胀腹水等为特征。

血吸虫对人体健康危害极大，被人们视为谈虎色变的“瘟神”。血吸虫是我国主要的疫传疾病之一，旧时医学效能有限，治愈率几乎等于零，人们只能哀叹“华佗无奈小虫何”。

湖北省是我国血吸虫重点流行区域的七个省份之一，据说当年不可一世的曹操在赤壁折戟铩羽，并非战略失误，而是大批将士感染了“水蛊”，以致临阵无力而落败。故有“曹操八十万大军下江南，兵败于身患毒蛊”之说。

武汉为古代云梦大泽故地，河流纵横，湖泊众多，雨量丰沛，水美草盛，极为适于钉螺的繁殖生长，自然生态又为疫情的爆发提供了温床，历史上深受血吸虫病之害。除江汉、硚口两个区以外，其余十几个区历史上都曾有过血吸虫病流行，有些地方还是国家重点防控区域。

下列几首谣歌，真实而又形象地反映了当年武汉一些疫区的社会风貌和生活惨景，前五首由李遵厚先生提供。

尖子湾，尖又尖，湖水分两边，秀才无半个，大肚子有好几千。

尖子湾，位于武汉市黄陂区六指镇曙光村。黄陂六指镇历史上属湖沼垸内型血吸虫病重疫区，56个村中有27个村流行血吸虫病。令人欣喜的是，经过几十年的综合防治，2001年该地区已达到血吸虫病传播控制标准。

血吸虫病不仅给人们的健康造成严重的伤害，而且极大地阻碍了地方经济的发展，遏制了社会文化的进步，这里的“秀才无半个”就是一个侧面反映。一个地方，如果多年来连个秀才都出不了，只能说明其文化之落后，地方之蛮荒。

血吸虫资料图片

大肚子：指血吸虫病成年患者的一种体态特征，患者腹部积水，肚子胀大如鼓，十分痛苦。大肚子有好几千，是虚指，言其极多。

大嘴，大嘴，男女都有喜，女的怀十月，男的怀到底。

疾控工作人员防治血吸虫病

大嘴：又称舵嘴，即今黄陂区六指镇大嘴村。大嘴地处武湖之西，紧靠湖边，亦系血吸虫疫区。嘴：黄陂话读 jī，山嘴或突出在水边的高地。有喜：旧时的一种隐匿说法，特指已婚妇女怀孕，但此处特指男人患大肚子病，其状如怀孕，而且是一“怀”到底，至死不消。此虽系戏谑之言，却让人心酸泪奔。

张家台，张家台，爹死无人抬，儿死无人埋。

张家台，隶属于武汉市汉南区银莲湖农场，在杨叉沟和芦桥大队之间。新中国建立之前，汉南地区属汉阳、沔阳两县所辖，地处偏僻湖乡，芦苇丛生、钉螺密布，是血吸虫病流行猖獗的重疫区。据“汉南区方志网”有关资料记载，区内累计钉蚴面积有 203060 亩，占总面积的 49.85%，灾情相当严重。1930—1949 年，汉南地区被血吸虫病毁灭的村庄共有 28 个，绝于血吸虫病的有 543 户，死于血吸虫病的患者有 2779 人。

旧时血吸虫流行疫区，患病者众，死亡率高，以致许多地方十室九空，田园荒芜，千村薜荔，万户萧疏，哀鸿遍野，白骨森森，令人毛骨悚然。谣中所述“爹死无人抬，儿死无人埋”，正是当年凄凉惨景的真实写照。

东荆河，十八家，可怕可怕真可怕，男的怀胎肚子大，女的怀胎不生伢。

东荆河：湖北东南部的河流，明朝时期称芦伏河，清称冲河，又名襄河、中襄河、南襄河，后以其流经地理位置居于荆北水系东侧，故称东荆河。东荆河西承汉水，属典型公流河道，有径流流经汉南区，在沌口注入长江。汉南区今有东荆街街道办事处。十八家：地名，隶属于汉南区东荆街东城垸农场，今为十八家社区。

男送命，女绝孕，本谣亦是反映血吸虫给人们带来的严重后果和巨大灾难。

张家台，十八家，家家户户请菩萨；请的请，看的看，菩萨还在路上蹼。

旧时人们“无奈小虫何”，只能寄希望于神灵，而虚无的神灵并不能医治“大肚子病”，等待人们的还是病痛和死亡。

请菩萨：这里指请神，主要形式有扶鸾、下马等。蹰：方言音 zàn，停留的意思。《集韵》："蹰，止也。"此处以戏弄之语，讽刺了请神把戏，直言就是大罗神仙也莫奈小小的血吸虫何。

湖乡人，车鼓形；乌脚板，螳螂颈；苦瓜脸，凹眼睛；走不动，站不稳；少精气，绝后人。

选自武汉市蔡甸区文化馆编《蔡甸民间歌谣集成》第 28 页，李正华搜集。

车鼓形：形容血吸虫病患者肚大如鼓，不成人形。乌脚：因末梢血管阻塞，使得患者双足发黑。螳螂颈，极言干瘦，以致脖子怪异变形。凹：方言音 wà，眼睛凹陷，苍老呆滞。此谣具体形象地描写了血吸虫患者的悲惨身形情状，足以让见者寒心，闻者生畏。

令人欣喜的是，经过几十年的艰难拼搏，汉南区送瘟神，消灭血吸虫的工作成效卓著，屡获殊荣，曾荣获湖北省人民政府授予的"血防工作先进单位"称号、中共中央血防领导小组授予的"全国血防工作先进集体"称号等。

近几年来，湖北省全面推进"十年送瘟神三步走"的战略部署，规划到 2018 年，全省达到血吸虫病传播阻断标准，基本消除血吸虫病危害。

鸦片烟

鸦片烟，害人精，中国不兴外国兴；左手一根文明棍，右手一根绣花针。

本谣记录了鸦片之毒害和烟鬼之丑态，即便在今天，仍然具有警世作用。

鸦片：英文 Opium 的音译，俗称大烟、阿片、鸦片烟、烟土、阿芙蓉、福寿膏等，来自于鸦片罂粟，有生烟、熟烟之分，是危害巨大的毒品。兴：方言，种。当时的鸦片全部由国外种植，加工后输入。中国不兴，即中国不种。

文明棍：手杖，又叫“司的克”，英文 Stick 的音译，旧时西方绅士平时喜欢拿一根精致的手杖以示风度和身份，故中国人称其为文明棍，民国年间，亦在一些中国人中流行。这里比喻吸食鸦片时用的烟杆（俗呼烟枪），烟杆由坚硬的木头制成，中间被凿穿，从吸烟口一直通到烟枪头部，头部形状类似于杯子，用来燃烧鸦片泡子。武汉话有“熨泡子”一词。绣花针：指用来挑鸦片泡子，使其充分燃尽的一种细金属签子。

18 世纪，英国商人为了谋取暴利，通过东印度公司向中国输入大量鸦片，毒害国人，毒害社会。嘉庆二十二年（公元 1817 年）刊本得舆《京都竹枝词》就有“做阔全凭鸦片烟，何妨作鬼且神仙”之诗句。从19世纪30年代开始，鸦片泛滥已然成为中国一个严重的社会问题，“不但亡家，实可亡国”，并非虚言。一代大儒陈澧有《炮子谣》言其祸害：“请君莫畏大炮子，百炮才闻几个死？请君莫畏火箭烧，彻夜才烧二三里。我所畏者鸦片烟，杀人不计亿万千。君知炮打肢体裂，不知吃烟肠胃皆熬煎，君知火箭破产业，不知买烟费尽囊中钱。”近代史上，中外曾有两次鸦片战争。

19世纪初，鸦片流入武汉地区，当时武昌、汉阳两府城和汉口镇烟土栈、烟馆遍布大街小巷，老武汉人把售吸鸦片的烟窟叫做“燕子窝”，“燕”与“烟”谐音。是时的武汉三镇，不仅烟毒泛滥成灾，而且鸦片走私十分猖獗。一些“烟鬼”吞云吐雾，吸毒成瘾后坠落深渊，身心遭受严重戕害。倾家荡产、男盗女娼者比比皆是，社会风貌乌烟瘴气。

虎门销烟，举世震动，这段历史为大多数人熟知，殊不知，清代大举禁烟活动，是时任湖广总督的林则徐在以武汉为中心的两湖地区首先展开的。

林则徐有“近代中国睁眼看世界第一人”之誉，他是清嘉庆十六年（公元1811年）进士，曾入翰林院，后相继就职于江、浙、鄂、粤等地，自始至终，他对鸦片毒害都深恶痛绝，并义无反顾地投入到禁绝鸦片的艰苦搏斗中。他上书朝廷《筹议严禁鸦片章程折》，明确主张“力挽颓波，非严蔑济”，提出了“禁烟六策”。

道光十七年（公元1837年）初，林则徐为湖广总督，上任伊始，经细致查访，痛感鸦片“谋财害命”之危，力主全面禁烟，得到了道光皇帝的有限支持。公元1838年9月，他担心日久生变，决定趁热打铁，首先在自己管辖的地区，与湖北巡抚、布政使张岳崧及湖南巡抚陈宝箴等人一道，共同策划和实施了声势浩大、影响深远的湖广禁烟运动。据《林文忠公年谱》记载：“公以各省章奏未齐，定议需时，虑民心一放难收，即商之湘鄂两巡抚，大举严禁。”

湖广禁烟，雷厉风行，林则徐在武汉、长沙等地相继开设禁烟局，并广贴布告，发动民众，上下结合，官民协力，形成强大舆论攻势，尽显其决心魄力。行动上查封烟馆、收缴烟具、搜焚烟土、擒拿烟贩，一时间吸食者、贩卖者、藏存者如同过街老鼠，人人喊打。据《纸园笔记》载：当时“武昌汉阳所缴出烟土及搜获烟枪斗之具堆聚如山，付之一炬”，观者无不称快。政策上则是宽严并举，禁惩结合，“宽猛兼施，呈缴者姑许自新，隐匿者力加搜捕，不追既往，严儆将来”。林则徐还亲自督促研究戒烟药方，设官制作坊，造“断烟药丸”，民间戒烟的土方偏方亦为畅行。

武汉禁烟运动，势同烈火，很快便取得了明显成果，据记载，三镇各禁烟局查获烟土烟膏30000余两，收缴烟具烟枪7500余件。在高压和威严面前，揭发者众，自首者众，改过自新者也是蜂拥而来。汉阳知县郭镜堂因禁烟得力、勋劳卓著，被林则徐上奏清廷，报功请奖，“恩加知州衔”。有不少烟鬼戒烟断瘾后，人也胖了，劲也大了，脸色也正常了，精神面貌焕然一新，当时，就“有庶民妇女在路边叩头致谢”，感谢林则徐禁烟的再造之恩。

以武汉为中心的湖广禁烟成功，深深影响了清廷的国策，道光皇帝终于决定全面禁烟，著颁林则徐为钦差大臣，委以重任，令其赴广州全权查禁鸦片。武汉社会科学院原副院长、著名城市史专家皮明庥先生高度评价了林则徐武汉禁烟的历史意义，他在《简明武汉史》中写道：在“近代前夜的武汉，湖广总督林则徐厉行禁烟，成为广州虎门销烟的预演”，“也是武汉人正气与自强精神的一次张扬”。

皮明庥在《林则徐武汉禁烟述略》一文中曾引用了一首童谣来佐证其论述：“林则徐，禁鸦片，焚烟土，在海边，开大炮，打洋船，吓得鬼子一溜烟。”

最早的武汉禁烟、继而的虎门销烟，气势何等英烈浩然，然而，禁烟运动所取得的成果却被一场“鸦片战争”冲击得烟消云散，中国的大门被坚船利炮轰开了，林则徐被贬配新疆，鸦片贸易却成了合法生意，鸦片又开始从沿海源源不断地流进武汉。武汉不仅是一个巨大的毒窝，而且是鸦片的重要集散地。以前，中国不兴外国兴，到后来，在利益的驱使下，国内的云南、贵州、四川，以及湘西、鄂西等地都有种植，有的规模还很大，云南出产的叫“云土”，被瘾君子们视为人间极品。

鸦片之毒，足以亡国灭种，包括清末王占元督鄂期间，以及其后的民国历届当局都曾明谕严禁鸦片，然措施不力，查禁不严，走私猖獗，阳奉阴违，有的甚至将其作为财政收入以及中饱私囊的重要来源，于是禁者自禁，卖者自卖，吸者自吸，贪着自贪。这与道光叶调元《汉口竹枝词》所写“卖烟不敢挂招牌，暗地机关刷满街。发卖镇君丸戒引，戒烟人是吸烟来”之丑态，完全是一个模子里面刻出来的。

最可恶是日伪统治武汉时期的“武汉特别市戒烟总局”，名曰戒烟，实则鼓励吸烟，以此来麻醉、毒害中国人，其逆行掀起了武汉历史上吸食鸦片的一个新黑潮。戒烟局在三镇遍设土膏店、吸烟所，凡愿吸食鸦片者，可向戒烟局领取“户照”，凭“户照”可到公卖处购买额度不等的烟土。据市工商联提供的档案，武汉三镇在日伪时期，土膏店达 32 家，吸烟所达 100 家。

新中国建立以后，彻底禁绝鸦片才得以成为现实。1950 年 3 月 21 日，武汉市颁布了《关于禁烟禁毒的公告》，4 月成立了武汉市禁烟禁毒委员会，发布了《烟毒瘾民登记办法》《奖励自报检举查缉烟毒办法》及《处理烟毒案件暂行办法》，地方政府采取了坚决措施，取缔贸易，杜绝来源，强迫戒烟，百余年的鸦片之害终于被铲除。

“一方好田地，尽把罂粟栽。一个好人家，尽把烟枪摆。一条好花街，尽半烟馆排。女子变妖怪，男子变痴呆。未老身先死，已死身不埋。”鸦片烟曾让中华民族有一段永远也抹不去的伤痛，令人遗憾的是，时至今日，毒品之祸卷土重来，日趋严重的吸毒问题已然成为全球性灾难，更是我们必须正对和解决的重大问题。

地下打麻城

天上一朵云，地下闯麻城，麻城闯不开，带个小儿来。

选自李惠芳《中国民俗大系·湖北民俗》（甘肃人民出版社，2003 年 10 月，第 377 页）。

儿童游戏“打麻城”，也叫“闯麻城”，曾在武汉及鄂东北等地区十分流行。这是一个古老的游戏，“带个小儿来”，似乎有点文言意味，亦可推见游戏之历史。“打麻城”极具地方文化特色，可以把它看作是武汉民间儿童游戏的经典和代表。

萧放《荆山楚水的民俗与旅游》第 64 ～ 65 页对“打麻城”的来源和相关的民俗有详细的记载，汤一介主编、高丙中所撰《民间风俗志》（上海人民出版社， 1998 年 10 月第 1 版，第 390 页）亦有记载，在武汉以及周边地区也有不少相关的故事和传说。

民间传说，元朝末年，天下大乱，朱元璋与陈友谅争天下，只杀得湖广大地日月无光，天地色变。残酷的战争不仅造成了无数血战疆场的将士死伤，而且给手无寸铁的黎庶百姓带来极大的灾难。旧时，武汉有个方言叫“跑反”，主要是指老百姓为了躲避兵灾兵

民间版本的朱元璋画像

官方版本的朱元璋画像

祸而流离失所，四处逃难。硝烟弥漫，遍地战火，小民百姓连逃生之处都无有，见此惨状，大慈大悲的南海观音菩萨便叫人们逃到麻城去避难。待四方逃难之人聚集麻城后，却被朱元璋的大军团团围住，眼见又要生灵涂炭，玉皇大帝受观音菩萨之托，委派张七相公前去解危，搭救麻城一城人的性命。

张七相公变成个八丈高的大人坐在城墙上，脚穿两丈五尺的大草鞋，还一跷一跷的；一只手拿着三丈长的大烟袋，另一只手却伸到护城河里戽水玩。久经沙场的朱元璋也没有见过如此阵势，口中连道："好大的人、好大的人！"张七相公呵呵一笑："我是小伢，我家大人还在家里睡瞌睡哩。"此时的朱元璋吓得六神无主，顿时浑身鸡皮疙瘩直起，打仗打的就是精气神，丧魂落魄的他只好夹着尾巴溜之乎也，麻城一城人的性命这才得以保住。

躲难的四方之民离开麻城后，都把麻城视为"福地"，都称自己是从麻城过来的，并且在家中的神龛上供奉"张七相公"的牌位。

麻城是平安吉祥的代名词，只有在麻城，饱受战乱煎熬的人们才能睡个安稳觉，因此，他们把睡觉说成是“到麻城去了”。过去武汉坊间，见人睡着了，就会笑着说“他到麻城去了”，可见人们对麻城的念念不忘是有来头的，当然现在是听不到这样的说法了。

张七相公，又称帝主、福主、土主、紫微侯、盖天帝主等，民俗学上称为“帝主信仰”或“福主崇拜”，最早的文献记载可以追及到宋代。天顺五年（公元1461年）所刊《大明一统志》卷61《黄州府·祠庙》云：“张相公庙，在麻城县治东。宋时县人张行七，毁沿江诸庙系狱，适有火灾，释行七捍之，立止，至城西北五脑山，人马俱化，邑人为建庙。”明代在鄂东一带传播，后影响及于鄂中、鄂西南等，随着“湖广填四川”大潮之兴起，移民也将此民俗带到了重庆、四川等地。

“打麻城”的游戏歌谣略有不同：

天上呜呜神，地下打麻城，麻城打不开，独要XX来。

“呜呜”是象声词。“神”字用于后缀，表示动作正在进行或状态正在继续，这是武汉方言中一个比较有特色的用法。

“打麻城”玩法很激烈，开始两边人数相等，先由一边挑战，挑战时高声念唱儿歌。打麻城有个约定，由被攻方点兵点将，指定前来攻城人，也就是“独要XX来”。其后，被点名者就冲了过去，冲撞不过人墙，就成了俘虏，被对方留住；冲得过去，也就是把对方的防守墙冲散，则可以抓一俘虏，得胜回营，而且谁当俘虏由胜方决定，往往精兵强将被人带走。接着进行第二回合，即换边由对方挑战。玩到最后，以各自人数多少定胜负。

“打麻城”拼实力，也讲求技巧，同时它是个集体游戏，需要相互配合、统一调度，以弱胜强的情况时有发生。有的孩子猛如张飞，哇啦哇啦地便打将过来；有的孩子则很有心机，先来骂阵，既显摆自己，也起到瓦解对方斗志的作用。下面这首歌谣就是在这种情况下演唱的：

打麻城，打麻城，砖头瓦碴都消开，玉皇大帝中间站，天兵天将跟我来。打麻城，打麻城，看你麻城几时开？老子今天来攻城，打得你城门八字开！

信心十足，气势逼人，摆出了一副必胜的架势，实力如何，还须实践检验。碴：方言音 cuó，瓦碴，碎瓦片，有写作“瓦撮”。消：消失，走开。

胡礼兴的《黄陂古今谈》第 490 页也介绍了这个游戏：

天上雾里晨，地上闯麻城，麻城脚步高，不要你里金，不要你里银，只要你里两个人。

黄陂一带的唱法，游戏规则和玩法都是一样的。你里：方言音 ní di，你屋里的，你那里的。

苏联老大哥

苏联老大哥，吃饭吃得多；苏联老大嫂，吃饭吃得少；苏联老大姐，吃饭吃一点；苏联老大爹，吃饭吃一些；苏联老太婆，吃饭吃一坨；苏联老大妈，一吃一大搳。

选自彭翔华《武汉民间童谣辑注》（武汉大学出版社，2015 年 7 月第 1 版，第 266 页），由田联申提供。一大搳：形容很多，凡是手能够到的都把它弄在怀里。搳：音 hā，手指抓物。《广韵》："搳，搔也。"俗作哈。

这首童谣将"苏联老大哥、老大嫂、老大姐、老大爹、老太婆、老大妈"与"吃饭"连起来一一述说，合辙押韵，幽默有趣，既有"滑稽搞笑"的童谣特色，又有武汉方言的特有韵味。

前苏联曾经作为世界上第一个，也是最大的社会主义国家，对 20 世纪以来世界格局的发展变化，对中国革命与建设道路的选择起过重要作用和影响。在中苏关系蜜月期，尤其是中国第一个五年计划期间，苏联政府为中国的经济建设提供了一些难得的援助，

中苏友好宣传画

他们派遣了大批专家顾问帮助建设，为中国培训技术干部，并接受中国的留学生和进修生等。在现在看来，这样的国际交往是很普通的事情，而在当时却只有苏联才有能力做到。这些帮助对解放初期的中国经济建设，无疑是起到了积极作用的，因而有“苏联老大哥”这样的历史称呼。

武汉人早在 19 世纪中期就知道俄国人了。那时有许多俄国人到汉口做茶叶生意，他们把汉口称为“东方茶港”，并携手中国人开辟了一条以汉口为起点，借道汉水北上，过河南，进山西，越大漠，至恰克图，经莫斯科、圣彼得堡，继而通向欧亚的万里茶道。这条茶道横亘了半个多世纪，被喻为连通中俄两国商贸友谊的“世纪动脉”。

清光绪二十二年（公元 1896 年），俄、法两国以迫使日本归还我辽东半岛有“功”为由，强迫清政府在汉口择定一个地区，建立它们的租界。俄租界位于汉口英租界与法租界之间，平面图像为一个大写的英文字母 L。1920 年由中国代管，1924 年正式收回，改为汉口市特二区。

让武汉人再一次强烈感受俄国人的是抗战时期的武汉大空战，

那时苏联已经建立，但大多数武汉民众还是戏称他们为“俄国苕”。在保卫武汉的多场空战中，100多名苏军志愿队战士牺牲，部分埋葬在汉口万国公墓。1956年，其遗骸迁至解放公园现址建烈士墓，并竖立“苏联空军烈士墓纪念碑”以示纪念，墓碑上共镌刻着15位烈士的名字。经俄罗斯大使馆、俄罗斯国立军事档案馆以及中方有关人员重新查证，2015年6月，确定共有29位苏联空军志愿队成员在武汉牺牲，另外14位烈士的名字将补增镌刻在墓碑之上。

据有关资料，在第一个五年计划期间，苏联援助中国的重点建设项目有156个，其中在湖北安排了8个项目，它们是：武汉钢铁公司（武汉钢铁联合企业），武钢是新中国兴建的第一个钢铁联合企业，每年提供的钢材量占全国总产量的一成；武汉重型机床厂；武汉锅炉厂，当时是我国最大的特种炉生产厂；武昌造船厂，武船是我国内地最大的造船综合企业；武汉肉联；青山热电厂；大冶有色金属公司；武汉长江大桥。其中布点武汉的有七大项目。

是时，在武汉能够见到的外国人，基本上是苏联人，他们高大魁梧的身材，隆鼻凹眼的长相，略带弹舌的腔调，亲切友善的态度，引人注目的打扮，都给武汉市民留下了深刻的印象。苏联文化的影响是全方位的，看苏联书籍，听苏联故事，唱苏联歌曲，观苏联电影，跳苏联舞蹈，以及学习俄语等，都成为社会潮流和社会要求。苏联服饰也闯入时尚领域，如布拉吉、乌克兰衬衫、苏联大花布、列宁装等，那时人们没有太多选择，在品种单一、色彩单调、物资

武汉市中苏友好宫参观券

武汉市中苏友好宫

匮乏的年代，这些无疑都是令人羡慕的。

为在武汉举办“苏联经济、文化建设成就展览”，由苏联援助，在汉口解放大道一侧兴建了“武汉市中苏友好宫”，1956 年 3 月建成开放，这是中国四大中苏友好宫之一，庄严而又恢宏，中苏关系恶化之后改名武汉展览馆。现在，建在北京、上海、广州的另三座同样风格的展览馆保存良好，而武汉展览馆却在 1995 年春天被炸毁，至今仍被武汉市民视为难以弥补的历史缺憾。

从 20 世纪 50 年代末开始，“苏联老大哥”的说法渐渐从人们口中淡出了。老人们记忆中还有孩童时代的歌谣：

我有一分钱，骑马到苏联；苏联老大哥，把我送到莫斯科。

孩童世界，的确天真烂漫，充满诗情画意。一分钱，骑着马儿，就能够到苏联，还要到莫斯科，轻轻几句话，就使自己徜徉在成年人所遗弃的幻想和愉悦之中。

笑得像粮票

一下子哭，一下子笑，两个眼睛换倒跳；哭起来像妖怪，笑起来像粮票。

选自彭翔华《武汉民间童谣辑注》第230页，儿时习唱。前面亦作“一个眼睛哭，一个眼睛笑”。下：方言音hà。一下子：一会儿。换倒跳：民间有“左眼跳财，右眼跳灾”的说法，“哭”对“灾”，“笑”对“财”，一哭一笑，自然是“两个眼睛换倒跳”，很形象的描绘。妖怪、粮票句：形容哭的样子像妖怪一样令人恐怖，笑的样子像粮票一样逗人喜欢。多见男生以此谣来嘲弄女生。

笑得像粮票，是武汉新俗语，形容人笑得好，也含有挖苦、揶揄的意思。随着粮票退出历史舞台，这句话现在很少有人说了。

在计划经济时期，商品短缺，物资供应不足，中国社会经历了长达30多年的“票证时代”，各种商品皆需凭票购买。粮票是用来购买主食的，是人们日常生活中最重要的票证，故武汉有此俗语。

其实凭票供应不是中国最早采用的，更不是唯一的。苏联在十月革命后，美国在二战期间，因商品供应紧张，都曾发放过各种票证，

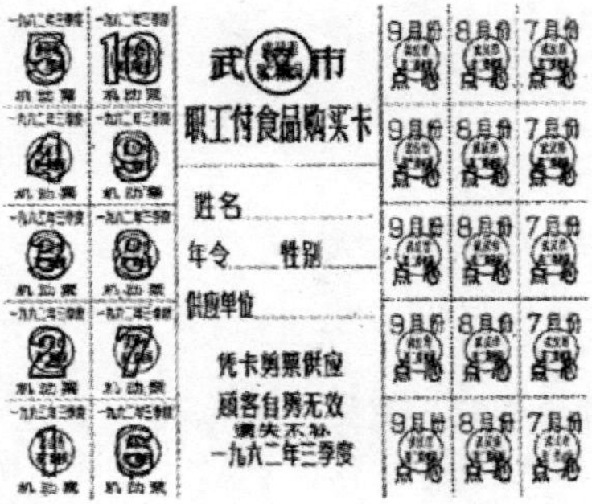

武汉市1962年职工副食品购买卡

其种类也不少。直到现在，个别国家仍然采用票证供应方式。

票证通常分为“吃、穿、用”三大类。除了各种粮油票外，食品类还包括肉票、鱼票、蛋票、糖票、豆制品票、糕点票，甚至蔬菜票等。日用品中的肥皂手纸、煤炭火柴、水瓶茶杯等，无一例外都要票。穿戴方面，除了布票、棉絮票以外，汗衫背心、毛线手帕等，都有相应的票证。还有些只印号码的票，叫“机动票”，其用途临时通知，比如过年时，3号票买二两黄花菜，4号票买三两木耳等。有资料说，1961 年，某城市凭票供应的商品达到了156 种。购买工业品，需用工业券，武汉人俗称“工分”。有些大件、贵重商品以及非必需生活品，如自行车、缝纫机、手表等，需要的工业券很多，买上一件，要好多家、好多人才能凑齐。

老婆婆，卖面窝，几多钱，买一个？三分钱，买一个，还要一两粮票哦。

粮票是特殊经济条件下的历史产物，有其深刻的社会原因和背景。在那个年代，粮票堪比钞票，有时没有粮票，拿着钞票也买不到食品。居民迁往他地时，除了转户口，还要转“粮食关系”，这是关乎生存的大事。粮食定量因年龄、性别、工种等有所区别，粮票按月发放。每月总有那么几天，居民要到粮店领粮票，有时粮店人员也到居民点上门服务。城镇居民买粮食，除了粮票，还要“购粮证”。

朴素的生活

农村好，农村妙，农村吃饭不用票。

粮票主要是用于具有城镇户口的居民，所以说“农村吃饭不用票”。不过，这首童谣带有玩笑性质，正话反说。那时候城乡差别很大，政策积极鼓励城里人下乡，严加管控“农转非”，即农业人口转为城镇人口。严格的户籍管理以及城乡二元分割的制度，使农村人进城受到极大限制，其中粮油票就是最大的障碍。没有城里人的身份，就拿不到这些票证，就无法生存。

在一个以“一大二公”为特色的年代里，武汉一些街道也出现过“城市人民公社”“吃大食堂”等所谓“新生事物”，不过时间不长便哑炮了。三年困难时期，全社会进入了节粮度荒年代，城市

1955 年，湖北省发行的第一套粮票

居民的粮食定量被压缩削减，副食品包括蔬菜等也是供应严重不足。以前曾经凭票供应的商品，有时也无货供应。控制每天的食量，成了重中之重，很多家庭实行分餐制，各吃各的。当时社会上出现了不少诸如“瓜菜代、人造肉、双蒸饭、粗粮细做”等各种应对粮油肉食严重不足的穷办法。

传统以米饭为主的武汉，那时细粮很少，大部分是粗粮，特别是有种红高粱米最难吃，又糙又涩口，传说是苏联人拿来喂马的。就这数量也有限，不够吃，人们就把它磨成粉子，搅成很稀的糊子，以水充量，坊间戏称“红糊子水”。还有莲子壳、干苕片等都曾用来当粮食，至于野藕带、野蒿子、老包菜叶子、干芋头禾等都成了人们腹中的佳肴，只要是能吃的，都是好东西。

有首“吃杂粮”的歌谣这样唱道：

洪湖水呀长又长，男女老少吃杂粮，吃了杂粮肚子疼，打起屁来臭死人。

面包成稀奇，蛋糕是补品，粮食不可能用来酿酒，喝酒也是一种奢望。凡事也有特例，困难时期中后期，市场也出现了一些不收票的副食品供应，坊间统称为“高级食品”。实际上，所谓“高级食品”，只不过是一些桃酥、喜饼、水果糖之类而已，不过那时的确很“高级”。虽不要票，但价格很贵，有些甚至是票证供应的十余倍、几十倍。一个鸡蛋一元钱，一个喜饼五元钱，现在看来不贵，殊不知，那时一个普通工人每月的工资也就三四十元，一个月赚的钱，只能吃三四十个鸡蛋，七八个“汪玉霞”。所以人们又叹道：“七级工，八级工，赶不上农民一担葱。”

这些高级食品，对于绝大多数人来说，可望不可及。针对那些吃得起高级食品的人，民间又传出了讽刺歌谣：

高级点心高级糖，高级迷子进食堂，食堂冇得高级面，高级迷子进医院，医院冇得高级药，高级迷子过了脚。

迷：方言音méi。迷子：俗呼痴迷于某事的人，比如棋迷子、书迷子等，类似于今天的“发烧友”。高级迷子：此处指生活状况较好，有条件经常跳舞、吃高级食品的人。过了脚：武汉话谑称死亡。

这首童谣，那几年各地普遍流传，有很多版本，韦君宜《思痛录》记录了北京流传的另一个版本：“高级点心高级糖，高级老头上食堂。食堂没有高级饭，高级老头上医院。医院没有高级药，气得老头要上吊。上吊没有高级绳，气得老头肚子疼。”

随着改革开放的深入，社会经济状况发生了天翻地覆的变化。1993 年，全国粮油实现敞开供应，粮票等已无用武之地，悄然退出了历史舞台。

爹爹婆婆下农村

一把锁、两把锁，把你抓到派出所；派出所，关了门，把你送到天安门；天安门，挂满灯，红灯、绿灯，爹爹婆婆下农村。

这是一首流行于 20 世纪 50 年代末到 60 年代初的武汉童谣。其内容东扯西拉，主旨不明，随口打哇哇，这是童谣常用的、比较典型的一种表达手段，最后一句提到了“下农村”的历史事件。

下农村，又叫“下放、下放农村”，就是将一部分有城镇户口的人转到农村参加生产劳动，成为农业人口，其对象主要有“干部、知识分子、知识青年、城镇居民”等。另外，一些到新疆、内蒙、云南等地的支边青年，也属于下放人员。

在20世纪50年代初期实行粮食统购统销与户口管理政策以后，城镇户口成为紧缺资源， 成为农业人口的羡慕对象。出于各种原因和目的，社会上曾有过三次下放高潮。

干部下放宣传画

知青下放宣传画

第一次是“百万干部下放”。随着反右、大跃进和人民公社化运动的推进，逐渐形成高潮，下放干部（包括知识分子）必须和农民“同吃、同住、同劳动”。1958 年 2 月，中共中央颁发的《关于下放干部进行劳动锻炼的指示》中提到，全国已下放和准备下放的干部大约有 300 万左右。

第二次是困难时期的精简职工与下放城镇居民，其中有许多原本是农村人员，进城务工后又重新回到农村落户。城镇居民下放，指有城镇户口的居民被迫把户口迁移到农村，失去做城里人的资格，这是一种向下的社会流动。下放人员中也有年纪大的城镇居民，所以说“爹爹婆婆下农村”。

前两次有特定对象，范围有限，对整个社会震动不大，影响最大的还是始于 1968 年底的全国性下放运动。其主要对象为涉及中国上千万家庭的城镇初高中毕业生，也就是所谓的“知识青年”（简称“知青”）。1968 年 12 月 22 日，《人民日报》发表了毛主席关于“知识青年到农村去，接受贫下中农的再教育，很有必要”的指示，其后全国迅速掀起了上山下乡的高潮。短短几年，数以千万计的青年毕业学生走向了“广阔天地”，有“老三届”“六九届”“新三届”等说法。据有关资料，到20世纪70年代末，上山下乡的知识青年总数约在1200万～1800万。知识青年下放农村运动，终止于1980年。

小呀小儿郎，背着锄头出村庄，不怕太阳晒，不怕风雨狂，只怕社员说我懒，没有工分，饿呀饿断肠。小呀小儿郎，背着锄头出村庄，不是为镀金，不是为入党，只要队长说我好，招工回城，回城见爹娘。

选自《蔡甸民间歌谣集成》第68页，徐金海搜集。原附记：60年代末期，城市知识青年上山下乡接受贫下中农的再教育，其中有些知识青年年仅十四五岁，尚未成年，正是上学求知识的大好时机，却要参加农业生产。此歌所记内容并拟《小儿郎》调，是对接受再教育的讽刺和否定。

《小儿郎》：即歌曲《读书郎》，《小儿郎》是其别称。作者宋扬，湖北汉川马口人。该歌曲作于1944年，面世后深受社会喜爱，唱遍了国统区、沦陷区和解放区，还唱到了海外。

工分：曾在农村中通行的一种个人劳动情况记载，也就是所谓的“评工记分法”，每到农历年底，各生产单位按个人工分所得多少进行总核算兑现。当时农村流传有“工分工分，社员的命根”的

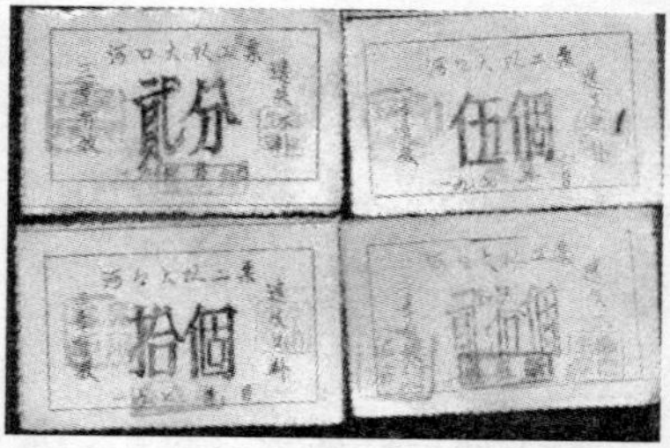

农村工分票

说法。工分起源于农业生产互助组，在农业生产合作社和农村人民公社中普遍采用，随着家庭联产承包责任制的推行，逐渐废止。

镀金：此处作比喻义，到某种环境中去深造、锻炼而换取的虚名。

招工：当时有专门针对知识青年的返城招工，但名额有限。

是时，一首名曰“我爱武汉的热干面”在知青口中，在武汉的大街小巷广为流传：

我爱武汉的热干面，二两粮票一毛钱。街头巷尾到处有，过早一碗蛮方便。芝麻酱香味在我身边飞舞，三把两样已经吃完。啊……上海佬爱阳春面，川妹子爱担担面，要问武汉伢爱什么？我爱家乡的热干面。

我爱武汉的热干面，梦中一捞又一碗。加点辣子胡椒面，捧在手里拌一拌。油盐酱醋一样不少，萝卜小葱星星点点。啊……兰州人爱拉拉面，太原娃爱刀削面。最后用汤涮涮碗，我爱武汉的热干面。

由袁厚翔提供。此谣套用《我爱祖国的蓝天》曲调，重新填词，产生和流行于20世纪60年代末到70年代初，即知识青年大规模下放农村那段日子。

从繁华的城市来到僻远的乡村，苦闷、彷徨、失落萦绕在心头，初尝人生艰辛的武汉知青只得用怀念家乡的小吃来表达乡思，排遣乡愁，寄托期盼，而吟唱最受大众欢迎的武汉热干面，就成了他们的精神会餐和情感寄托。

武汉热干面

热干面：武汉最具特色、最普遍的小吃，为我国“五大名面”之一，常用来“过早”，武汉日销近百万碗。当时，二两粮票一角钱，可买一大碗。芝麻酱是热干面最主要、最关键的，也是最具特色的调料。三把两样：形容动作敏捷利索。样：方言音 yān。一作三般两样、三把两下。一捞：加工热干面的一个程序，将准备好的熟面放入笊篱（旧时多为竹制）中，在开水锅里烫一下，然后捞起，放入碗中。涮碗：热干面吃完以后，还有些芝麻酱等调料巴在碗上，很多人习惯用开水涮涮碗，然后喝下。汤：指下面用的原汤原水。

另有一首同名歌曲，为知青传唱的另一个版本，除了热干面以外，还有一些武汉风味小吃、特色糕点，同样表现出对故土的由衷赞美和深切怀念。

我爱武汉的热干面，二两粮票一角钱。小桃园为我炖鸡汤，五芳斋替我包汤圆。四季美汤包有汤有水，汪玉霞喜饼又大又甜。啊，啊，老通城豆皮香，老会宾包子鲜，你要问我爱吃什么，我爱蔡林记热干面。

武汉还有不少知青歌曲，有歌颂家乡的，有思念亲人的，有表达乡愁的，婉转缠绵，如今快成绝响了。

第二章 物阜地灵

武昌九座门

远望湖广高又高，九门俱用铜铁包。窝风避浪文昌门，
升斗量米平湖门。迎宾接驾汉阳门，挑鱼卖菜武胜门。
推车抬轿忠孝门，游山玩景宾阳门。推翻满清起义门，
姑姑烧香保安门。和尚骑马望山门，这是武昌九座门。

选自罗时汉《白沙洲芦家》第110页。这是一首排工谣，可吟可唱，豪放大气，如铜锤铁板，铿锵有力。它讲述了老武昌各城门名称、地理风貌、功能特点、传说故事以及城内外状况等。每座城门前冠以四字说明，实乃点睛之词，不仅扼要简明，而且生动有趣，易记好懂。

武昌有城，始于三国东吴黄武二年（公元223年），吴主孙权在黄鹄山北侧筑城，取名夏口。南朝时宋孝武帝于孝建元年（公元454年）在夏口城立郢州，扩建和修葺城墙，世称古郢州城垣，遗址现存于黄鹤楼后。隋文帝于开皇九年（公元589年）废江夏郡置鄂州。唐宝历年间，武昌军节度使牛僧孺对鄂州城进行整修，扩充范围，更新材质，以陶甓为城，武昌有砖城自此始。宋仁宗皇祐初年，鄂州知州李尧俞重修城池。

明朱元璋第六子朱桢分封武昌，是为楚王。此后，楚王世代盘踞武昌达262年之久，与明始终，此亦佐证了武昌城的价值和地位。《湖广通志·城池》载："本朝洪武四年，江夏侯周得兴因旧城增筑之，城周围三千九十八丈，城垣东南高一丈，阔二丈五尺，西北高三丈九尺，阔九尺，壕堑周围三千三百四十三丈，深一丈九尺，阔二丈六尺，朵眼四千一百六十八个，城铺九十三座，城楼十三座，门曰大东、小东，新南、平湖、汉阳、望山、保安、竹牌、草埠，共九门。"此时的武昌城已经全部改成砖城，城高壕深，形制齐整，依山为城，带江为池，九门雄峙，蔚为壮观。

乾隆《江夏县志·卷二》又有关于武昌城门名称更迭的情况记载："明世宗嘉靖十四年（公元1535年）都御史顾辚易大东曰宾阳、小东曰忠孝、竹牌曰文昌、新南曰中和、望泽曰望山、草埠曰武胜。"

清末张之洞督鄂，为修粤汉铁路，建武昌车站，方便交通，新筑通湘门。通湘门在中和门和宾阳门之间，故址即今之紫阳路东端，靠近武昌火车站。此门加原九门，合计十门。

窝风避浪文昌门：文昌门位于西南，在武昌造船厂内，西距红庙矶防水墙约 280 米，今解放路南段以西尚存一段文昌门正街。旧名竹牌门（竹簰门），因这一带是竹木集散之地而得名，后改文昌门，以附近有文昌帝君庙而改名。武昌鹦鹉洲在时，洲岸夹江处，大小船舶俱可在此避风。洲没以后，城南船只才去巡司河口（鲇鱼口）内避风，用“窝风避浪”来解说“文昌门”是十分贴切的。

升斗量米平湖门： 平湖门位于正西，今平湖门水厂附近，即彭刘杨路西段，花堤街口至临江大道之间，城门内的一段路原名平湖门正街。此处修有平湖闸，歌笛、弯把、西湖、都司、宁湖等湖水都从平湖闸与长江相连的，平湖闸起到了平抑水位的作用，故名平湖。旧时附近有“官仓”，“升斗量米平湖门”，是因为进米粮船多在此处停靠。公元 1794 年《江夏县志图》标明，平湖门外有“粮仓”；公元 1869 年《江夏县志图》标明，平湖门外有“南粮仓”，此可作为文献佐证。

迎宾接驾汉阳门：汉阳门位于西北，在临江大道与民主路口交汇处，民主路西段（城门内至解放路），原名汉阳门正街。门外至汉阳有直通码头，故名。汉阳门外为武昌城对外传统的客运码头，旧有等驾坡（董家坡）等地名。光绪十年（公元 1884 年）八月初九晚七时半，黄鹤楼惨遭大火，报纸报道：汉阳门外街董家坡一张姓作坊内，一徒工上楼不慎倾落油灯引起大火，风助火势，火仗风威，烧毁了黄鹤楼。旧时人们多在此处迎来送往，因而有“迎宾接驾汉阳门”之说。当年孙中山踏访武汉，就是从汉阳门上岸登临的。据《孙中山先生莅临武汉五日记》记载：1912 年 4 月 9 日，“中山先生一行登岸后，换马车由汉阳门入城经长街直达都督府。这时，武昌旗翻五色，万人空巷，长街两旁，夹道鲜花，欢呼之声，如浪如潮，争睹这位蜚声国内外的革命伟人”。

撤除城墙前的武昌汉阳门渡船码头

汉阳门

挑鱼卖菜武胜门：武胜门位于正北，在今积玉桥得胜桥街口，西城壕巷口南侧，为双城郭，城门内至火炬路口原名武胜门正街。武胜门原名草埠门，因门外沙湖浩瀚，草高丈许而得名，后以“都武而昌，得地之胜”而改名。武胜门外为长江泥沙堆积平地，沙湖时较大，直抵城北，有大片菜地，城内居民稠密，菜蔬需求量大，渔民菜农皆由此门进出。“挑鱼卖菜，吆进喝出”，恰是武胜门独有的风景。

从蛇山上看忠孝门、昙华林，美国人 Frederick G. Clapp 摄于 1913—1915 年

推车抬轿忠孝门：忠孝门位于东北，即今之小东门，在忠孝门街 20、22、23 号处。城门内至棋盘街口的一段路原名忠孝门正街。关于忠孝两字的来历：忠，指岳飞，忠臣岳飞曾驻守武昌，追封为鄂国公；孝，指孟宗，传城内有孝子孟宗哭竹处。城外之忠孝门外正街，后一直与舒家街相连。至清末时，城北人口更显稠密，城门使用率愈发高涨，出城探亲、访友、烧香、踏青、上坟之人，有推车者，有抬轿者，有步行者，有挑担者，熙熙攘攘，好不热闹。坐轿者不一定都是高官，有钱人、三寸金莲的妇人、老翁老妪都会乘轿出入。此外，小东门外原皆荒山，少有住家，唯祠庙众多，死者棺木多用车经此运出城外，这样，车也多了。

游山玩景宾阳门：宾阳门位于正东，即今之大东门，在武珞路与中山路交汇处之今新宜大酒店（原大东门饭店）北侧。在城门内的一段武珞路原名宾阳门正街，城门外为宾阳门外正街。当时城门内蛇山东端南坡有龙华寺、岳飞庙等，城门外有长春观、洪山等，风光殊异，人们多由此进出，游山玩水，赏花观景。

推翻满清起义门：起义门在首义路南端与起义街北端连接处，城门内的一段路原名中和门正街，城门外为中和门外正街。最早叫新南门，后以“中正仁和”之义改名中和门，1912 年，为纪念辛亥武昌首义，又改名为起义门。1981 年在纪念辛亥革命 70 周年时，地方政府对起义门进行了重建，因此现存的起义门与历史上的起义门（中和门）之真迹有一定差别。

中和门（起义门）

姑姑烧香保安门：保安门位于正南，在保安街复兴路口东侧与复兴路集贸市场大门之间，城门内至望山门街原名保安门正街，城门外至起义街为十字街。因与城中楚王府遥相对应，起拱卫作用而得名。姑姑：指尼姑，川剧《秋江》（楚剧叫《陈姑赶潘》）里面，老艄公就把陈妙常叫作“姑姑”，烧香求福，当然也包括“保平安”，因此，“姑姑烧香保安门”，可从歇后语的角度去理解。

和尚骑马望山门：望山门位于古城南面，今解放路南端，即武昌造船厂东门附近，城门内至保安街段原名望山门正街。望山门原名望泽门，据《舆地纪胜》称，望泽门经广平桥可达南草市，当时在此可观南湖，故称望泽门。南宋后至明初城扩至今址，但仍称望泽门，后觉可远望纸坊之八分山，故改望泽为望山。王汗吾先生认为，民间传说旧时的宝通寺占地很广，庙宇在洪山，山门远在武泰闸，和尚关山门要骑马而去。“和尚骑马望山门”，可能与此传说有关，仅供参考。

城门是一座城市的历史颜面，不管是记忆中的还是现存中的，不管其颜值是高是低，它都是一份值得研究、值得存留的地方文化珍品。

四明银行

四明银行高七层，行员都是宁波人，宁波人住宁波里，洋房子加石库门，吃好穿好住得好，你说欠人不欠人。

由徐明庭先生传唱。

四明银行成立于清光绪三十四年（1908 年），由沪上宁波商帮领袖周晋镳、陈薰、虞洽卿等人在上海公共租界宁波路江西路口创办。宁波古为明州，境内有四明山，四明银行因此得名，其招牌系宁波著名书法家唐驼所写。辛亥革命时期，四明银行因积极为革命军提供经费而在金融界确立了自己的地位。1933—1934 年，四明银行发展到顶峰。自 1935 年白银挤兑风潮后，四明银行改组为“官商合办”，大量官股入注，与中国通商银行、中国实业银行、中国国货银行一起成为“小四行”。1942 年总行迁重庆，战后返回上海。

四明银行于 1919 年在汉口设立分行，银行大楼位于今武汉市江汉路 45 号，原址为中华基督教会格非堂，由中国近代著名设计

汉口四明银行大楼

师卢镛标设计，汉协盛营造厂建造，1936年落成。楼高39.01米，地下一层，地上五层，实际中间部分为七层，平面呈梯形，现代主义风格。这是中国设计师在汉口设计的第一座钢混结构建筑，也是当年汉口华界杰出建筑的代表作。武汉沦陷，四明银行被日军强行占据数年之久，损失巨大。1952年12月，与其他行庄合并组成公私合营银行。

宁波里位于汉口江汉路中段北侧，1915年前后由四明银行建房成里，里分整体形同一直角梯形，整体布局严谨、造型统一，为标准化开发型住宅。宁波里共有房屋6排，17栋独立成户的甲级砖木住宅。最初的居住者俱是四明银行高级职员以及家眷，故名宁波里。1967年改名红权四里，1972年恢复原名，2006年10月改造成为“女人大世界”小商品市场。

宁波里是老汉口里份建筑的代表之一，整体设计带西式建筑风格，钢窗蜡板，红砖木门，原主巷两端修有镂空花铁门，日夜有人把守，是别具一格的“洋房子”。石库门是最具上海特色的居民住宅，受其影响，汉口近代里份也有许多中西合璧式的石库门建筑，并演绎出了各种不同的样式，其繁盛景况，直追沪上。宁波里的石

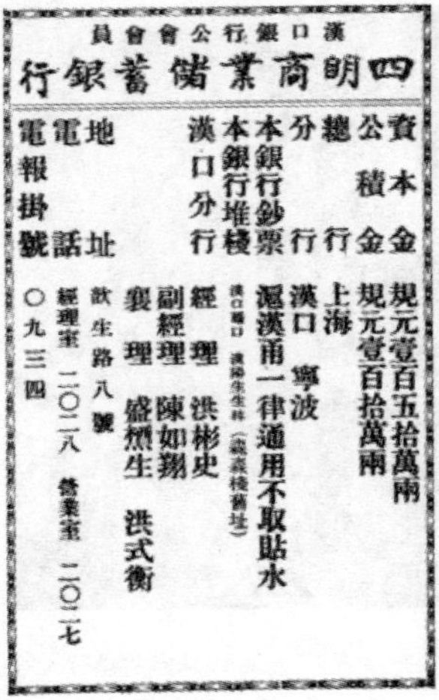

汉口四明银行广告（1926 年）

库门青石门楣，雕花刻图，高墙小院，闹中取静，显得十分优雅别致。

在近代武汉地域性商帮中，宁波商帮是唯一成功进行近代化转型的地方商业团体。宁波历史文化悠久，地域经济发达，既有江南水乡之富庶，又兼海港城市之开放，既承继着古老的商贸传统，又洋溢着现代的文明火焰。它为武汉近代工商业发展和城市化进程注入的正能量，体现了宁波商帮的敬业精神、开创精神、奋斗精神，也为宁波人自己的历史文化写下了辉煌的篇章。

汉口开埠后，在中外大批商品的倾销下，汉口作为内地经销和转口进口商品的最大商埠的地位不断加强，来汉淘金者如过江之鲫，绵绵不绝。经过百余年几代宁波人的努力，他们在武汉创立了“亨达利钟表、老凤祥珠宝茂记皮鞋、达仁堂药店、宝华洗染店、首家服装店、五芳斋汤圆、武汉国货公司（武汉中心百货商店前身）”等多家老字号和多种名牌产品，奠定了宁波帮在这些领域里不可动摇的地位。

在实业救国理想的召唤下，武汉成了宁波帮实业界展雄风、施伟业的大舞台。阮雯衷，清末民初我国著名的爱国实业家。几十年来，他以汉口为事业中心，开办了近百家经营农副产品的企业，如1893年，在汉口独资创办元丰号；1905年，在汉口德租界创办元丰豆粕制造所等。这些颇有影响力的近代粮油企业，促成了武汉民族资本粮油工业的蓬勃发展。宋炜臣，这个“汉口的头号中国商人”，在20年左右时间里，先后筹建了燮昌火柴厂、既济水电公司、扬子机器厂等多家企业，成为汉口近代民族资本的巨头。在航运方面，传统的份额和近代的经营，使宁波帮占有绝对的优势，其近代轮船航运的发展在武汉成就斐然。如虞洽卿、陈薰、严义彬等合资创立的宁绍轮船公司，虞洽卿独资兴办的三北轮埠公司以及鸿安商轮公司，宁兴轮船公司和鸿升码头堆栈公司等都是杰出的代表。

在汉口现代化发展历程中，近代建筑业逐渐显现了相当重要的地位，宁波帮有一批精明强干的营造商，有一批技能全面的建筑师，有一批实力雄厚的营造厂。诞生于他们手中的一批高档建筑工程，几乎都成了武汉近代优秀建筑。代表人物有沈祝三、周昆裕、魏清涛、项惠卿、康炘生等；优秀厂家有明锠裕营造厂、汉协盛营造厂、魏清记营造厂、汉合顺营造厂、康生记营造厂、恒记营造厂等；精品工程有水塔、武汉大学、江汉关、景明大楼、协和医院、横滨正金银行、金城银行、日清邮船公司、四明银行、武昌震寰纱厂、亚细亚火油公司大楼、中国银行大厦、南洋大楼、盐业银行大楼、新市场游艺场、美国海军青年会、浙江兴业银行、扬子江饭店、汉口总商会大楼、海陆饭店、璇宫饭店等。除此以外，汉口众多的优秀

汉合顺营造厂徽章

里份建筑，如泰宁里、泰安里、昌业里、汉安里、义成里、伟英里、联保里、公德里等，都是宁波人的杰作。

还有一个宁波籍的汉上名人值得一提，他就是叶调元，这个寓居汉口20多年的宁波人，写了一本《汉口竹枝词》，给我们留下了珍贵的人文资料，也让汉口名扬于海内，令时人瞩目。

据有关资料，1931年，76万汉口人中就有3万人是宁波人。数量是其次，关键是这些来汉的宁波人，不管是谋生者，还是创造者，绝大多数是有志者，是能干人，人员素质普遍比较高。这些人不但促进了武汉近代经济的发展，而且带来了思想观念的进步和社会风气的变革，不仅铸造了一个时代，还影响了几代人。

新市场

一进新市场，真是见洋广，京戏汉戏花鼓戏，一场又一场。这里玩把戏，那里放电影，楼上楼下好几层，到处人挤人。早晨进戏园，半夜才散场，硬是玩了一整天，买票只一张。还有哈哈镜，叫你开洋荤，奇形怪状丑模样，活活笑死人。饿了么样办，这个你莫慌，吃的喝的都好买，不晓几便当。玩得蛮有味，票价也不贵，你要不去见世面，以后要失悔。

由徐明庭先生传唱。见洋广：旧时，一些新奇用品、新鲜玩意大多来自外洋，看见了许多从未见过的新东西，人呼见洋广。开洋荤：直义是第一次吃外国的食品，比喻初次接触外来事物或享用从未接触过的新鲜东西。几便当：非常方便。

“汉口新市场”（HanKow New World），即民众乐园，是武汉开业时间较早、经营历史最长，和上海大世界齐名的一个娱乐商业兼备的大众性综合游乐场所。它地处中山大道民生路口上部的贤乐巷口，和南洋大楼并肩而立，最初由汉口稽查处处长刘有才（又名刘贵荀）发起，在湖北督军王占元、汉口镇守使杜锡均等人的支持下，从军、商界募集股金 40 余万元，组成汉口“新市场协利股份有限公司”和“协兴房产公司”，筹建于 1917 年，于 1919 年 5 月 29 日正式开张营业。

它是效仿西方模式而又体现浓郁民族特色的产物，是老汉口华界优秀建筑的代表，是近代汉口的文化地标，也是武汉市相当长时间内的标志性建筑之一。

雄峻高耸的七层塔楼，两翼对称的三层主楼，杂技厅、大舞台、

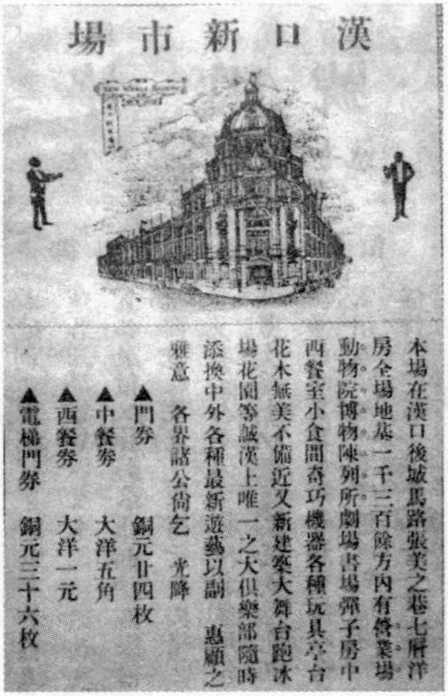

汉口新市场广告

新舞台等三个时尚现代新式大剧场，构成了民众乐园的建筑主体，中西结合，内外交融。从娱乐形式看，既有源自西方的巧物奇技，也有中国传统的戏剧文化；从经营模式看，既有公司制，现代的经营理念，也有帮会势力的操纵。因此，民众乐园不仅融合了中西两种截然不同的文化，反映了兼容并蓄的思想，也体现了武汉本土文化的多元性，铸就了独特的地域文化。

民众乐园从开业的第一天起，就引发了轰动效应。南腔北调吹拉弹唱一起入耳，中西奇景千姿百态目不暇接。

园内以戏曲欣赏为主体，有阳春白雪，也有下里巴人，以新奇表演各类娱乐为辅助，有X光、骷髅头、玻璃姑娘、万能脚、蜘蛛人、哈哈亭、电梯、热气球、跳伞、烟火、灯会、熙春大会、花展等，还有鸳鸯池、中西餐厅、弹子房、溜冰场、动物园、小型商场、阅报室、陈列室、展览馆、室内花园（即所谓“小乾坤”）、理发馆、照相馆等设施。

新市场定位于大众，着眼于新奇，经营方式灵活多样，布局特色鲜明突出。正如歌谣中讲，早晨入园，半夜散场，只要门票一张，而且还不很贵。从 1920 年武汉书业公会编《汉口指南》第 118 页的广告中，可以得知其开放娱乐时间为每日上午 11 时开门，下午（晚上）12 时或一二时闭门。普通门票每客铜元 24 枚。如购中餐券者，每客五角，西餐券者，每客一元，门票均在其内，不另取资。当然，有些个人娱乐项目收费不低，比如坐一回电梯到塔楼顶端，要铜元 36 枚，比门票还要贵一半。

人山人海的民众乐园

笔者收藏的民众乐园老戏报

时人有竹枝词叹曰：“果然汉口最繁华，岂止南城百事奢。新筑市场轩敞甚，搜奇应已遍天涯。”“新市场中几度游，呼来鸳侣与莺俦，楼台百尺最高处，望到隔江黄鹤楼。”“如云士女往来忙，百戏纷陈新市场。千盏电灯天不夜，平台高处月如霜。”（徐明庭、张颖、杜宏英辑校《湖北竹枝词》）这可作本谣一个注解。

新市场凉台露天剧场

在相当长的时间内，新市场成为武汉社会新闻的焦点。《汉口新闻报》《汉口民国日报》《大汉报》《汉口中西报》《汉口中山日报》《罗宾汉报》等，隔三差五甚至连篇累牍地报道园内的新人、新事。

民众乐园以千姿百态休闲娱乐方式，以非强制性的手段，对武汉人进行着潜移默化的社会教育，对武汉民众的“道德观、审美观、生活观、娱乐观”等产生了一定的影响。

从开业之日起，新市场的营销定位和经营目标是瞄准中下层市民，而且男女无别。传统社会对闺阁之女的要求是“大门不出，二门不迈”，一般女人是很少有机会出于娱乐场所的。新市场则不一样，无论大姑娘、小媳妇，无论大老爷、后生伢，只要购买门票，都可在新市场规定的剧场和娱乐点随意看戏、游玩，这在以前是极为罕见的。

下面这首谣歌表现了这种社会风气的变化，也间接地说明了当时汉口市民思想行为是比较开放的。

汉口的姑娘生得傲，麻纱裤子穿一套。红缎子鞋，皮底绞；燕

子头，反镜照；新市场，买戏票，三层楼上靠一靠。

选自1942年8月20日《武汉报》。

傲：方言音ào，武汉话，有本事，不同一般。麻纱：一种布料，布面纵向有细条织纹的轻薄棉织物，大多用纯棉纱织制，也有用棉麻混纺纱织制的，挺爽透气，是当时一种时尚衣料。绞：方言音gào，用线将皮底和鞋子绞在一起，俗呼“绞底”，原作“搁”。燕子头：一种女式发型，两侧对称如燕尾。反镜照：将镜子置于脑后，观看后脑勺头发。

关于这个“汉口的姑娘”的身份解读，有几种不同意见，一说是来新市场拉客的妓女，一说是新市场内的“弹子姑娘”，一说是来此约会偷情者，一说是追赶时尚的普通人家女孩。不管怎么说，民众乐园对任何市井女子，一律持开放欢迎的态度，园内还经常开展妇女救济帮助、反对家庭暴力、宣传男女平等、鼓励女人放足等活动。

当然，低俗的东西也很多，这在旧时代，特别是大型民众娱乐场所是难以避免的。社会上一些低级庸俗、丑恶败坏的行为也在此找到了孳生之地，充斥进一些迷信、欺诈、赌博、偷窃、色情等内容。

从来没有一个建筑像民众乐园这样，和武汉民众的文化生活、思想情感紧密相连，息息相关；也从来没有一个建筑像民众乐园这样，经历过波澜壮阔的政治洗礼，承载过博大精深的地方历史文化讯息。武汉一些老年市民至今对老民众乐园津津乐道，是有其深刻的历史缘由的。

汉口也有“洋泾浜”

“洋泾浜”一词来源于上海。上海开埠后，中外交流日盛一日，逐步形成了一种独特的语言文化现象——洋泾浜英语，使用者主要是跟英美人打交道的中国雇员、佣人、商人、业主等。这是一种非正统的夹生英语，或发音不准确，或用汉语渗透到外语之中，或将汉语与外语相互嫁接，或带浓厚的方言土音等，虽系野狐禅，不类不伦，但能够满足最低限度的沟通和交际。据说虞洽卿、叶澄衷等大佬在发达前就是靠宁波话注音的会话手册自学英语的。

汉口开埠，租界的先后开辟，外商的大量涌入，洋行的渐次设立，外资企业的大力兴办，在促进汉口对外贸易发展的同时，也推动了本土与西方的文化交流。华洋杂处，语言是关键的沟通媒介。克服障碍，外语学习就显得日趋重要。在无法接受正规教育的情况下，洋泾浜便应运而生。据《风雅武汉》一书介绍，一些汉口老人，斗大字不识一箩筐，却能说一口洋泾浜英语、德语、法语，这些都是在洋人的轮船、洋行、西餐厅、跑马场混过事的。

随着西方传教士相继登陆，武汉出现了不少教授外语的教会

刘歆生向家人展示汉口规划图纸

学校，官方和民间也创建了形形色色的外语学校、译书馆和外语补习班等，由此培养了一批精通外语的人才。被世人誉为“大汉口之创造者”刘歆生，之所以能够有后来如此之大的成就，与他年少时在家乡柏泉教会学校读书，通晓外语是密不可分的。刘歆生不懂外语，就不可能成为洋行买办，就不可能很快地积累从事地产生意的资本。

在社会上，上海洋泾浜英语还冒出了不少顺口溜，如“清晨相见谷猫宁（good morning），好度由杜（how do you do）叙阔情，若不从中肆鬼肆（squeeze），如何密四（mister）叫先生”。

作为全国三大租界区之一的汉口，中西文化的交流和碰撞日渐频繁，口语中汉英杂处的现象也不少见，在儿童中也出现了类似“洋泾浜英语顺口溜”，尽管它们的流传范围不很广泛。

来是“康姆”去是“钩”，“酣得”就是人的手。我是“梯切尔”我教你，“导格”是“优”你是狗。（来是 come 去是 go，hand 就是人的手。我是 teacher 我教你，dog 是 you 你是狗。）

由徐明庭先生传唱。

康姆（come），来；钩（go），去；酣得（hand），手；梯切尔（teacher），老师；导格（dog），狗；优（you），你。

这是同学间相互戏谑的谣歌，和下面的《法德、妈德》一样，均是用武汉话夹杂英语单词而构成的童谣，很有本土特点和时代特色。这首亦系徐明庭先生传唱：

“法德、妈德”敬禀者，儿在校中“锐得、跛客”，别的功课都“古德”，惟有“英格理希”不懂得。（father mother 敬禀者，儿在校中 read book，别的功课都 good，惟有 English 不懂得。）

法德（father），父亲；妈德（mother），母亲；锐得（read），读；跛客（book），书；古德（good），好；英格理希（English），英语。

据徐老介绍，1941 年，他在武汉一所教会中学读初二，教英语的外国修士抓得又紧又严，他责令学生在课堂上用英语交流，少说或不说中国话，不少同学因此窘态百出。课余时间，几个孩子就凑出了这首中西合璧、幽默风趣的童谣，唱罢，相对拊掌大笑。

敬禀者，旧时在写给长辈的尺牍中，称谓之后常用的一个固定套语，表示敬意，如鲁迅给他母亲的信，开头一般这样写：“母亲大人膝下敬禀者。”学生禀告父母，在校读书，其他功课都很好，惟有英语弄不懂。

这首童谣生动风趣，好记易懂，文言词的“敬禀者”、英语单词的“read book，good”，武汉话的“不懂得”，凑在一起，居然也合辙押韵，浑然天成，滑稽逗人，实属难得。

买、买、买

买药要买叶开泰，买饼要买曹祥泰，买锣要买高洪太，买伞要买苏恒泰。

选自罗时汉《武汉往事》162页。此谣讲述了四个名重武汉的老字号，有趣的是，这四家字号的尾字均为“泰（太）”，都是老武汉传统老店的杰出代表。

旧时商家讲究彩头，极重商铺名号，喜欢吉祥用字。这四家名号，高洪太的“太”字源自人名“高太安”，其他三家的“泰”字均系吉祥用字。商界曾流传一首用吉祥词语组成的《店铺字号诗》：“国泰民安福永昌，兴隆正利同齐祥；协益长裕全美瑞，合和元亨金顺良；惠丰成聚润发久，谦德达生洪源强；恒义万宝复大通，新春茂盛庆安康。”这里面第二个字就是“泰”字，泰，既昭示了民众对国泰民安、顺利祥和的企盼，又暗含了商家对生意通达、增财积富

叶开泰始终恪守“遵古宜今，虔诚修合”的传统

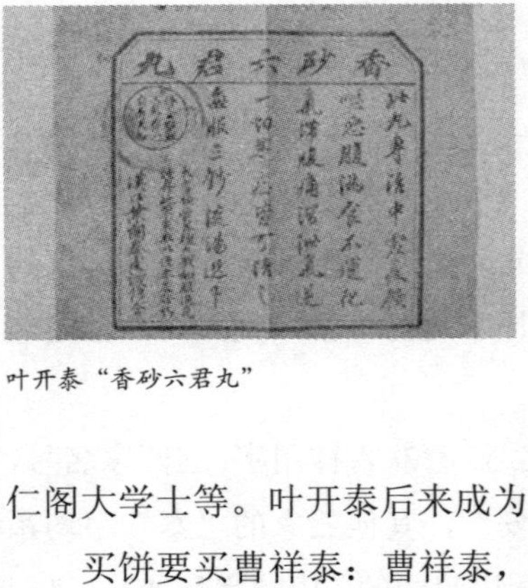

叶开泰“香砂六君丸”

的追求，为众多经营者所青睐。

买药要买叶开泰：叶开泰是武汉著名中药店，始创于明崇祯十年（公元 1637 年），它与北京同仁堂、杭州胡庆余、广州陈李济并称为中国四大中药店。几百年来，叶开泰始终恪守“遵古宜今，虔诚修合”的传统，注重疗效，坚守质量，凭良心从业，靠技能发展，从而获得了极高的社会信誉，以致坊间有歇后语：“叶开泰的药——吃死人都是好的。”可见其信誉卓著。叶家人才辈出，最有名的是清代道光进士叶名琛，其曾任两广总督兼通商大臣、体仁阁大学士等。叶开泰后来成为武汉健民制药厂的重要组成部分。

买饼要买曹祥泰：曹祥泰，武汉著名副食品店，始创于清光绪十年（公元 1884 年）。曹家靠提篮子卖蚕豆起家，不欺客，不小眉小眼，生意做得活，人称“曹大把”，意为慷慨，后以经营副食糕点为主，兼营其他。曹祥泰的喜饼、绿豆糕、芝麻糕、酥糖等久负盛名，坊间有“曹祥泰，不愁卖”的顺口溜。

高洪太二代传人全家福

曹祥泰第二代掌门曹云阶和夫人刘云清

买锣要买高洪太：高洪太，武汉著名的铜响器制作业老字号，始创于1914年，制作的铜响器有锣、钹、铙、钟、铃、板等七大类，72个品种，150多个规格。汉锣与京锣、奉锣、苏锣并称为全国“四大名锣”，而高洪太铜锣则是汉锣的代表作，锣声洪亮，造型美观，享誉海内外。1946年，特为梅兰芳剧团研发制作了一种声似虎啸、响而不躁的“虎音锣”使高洪太在业界声望大增。波士顿交响乐团、德国柏林交响乐团等许多世界著名乐团的演出用锣都有出自高洪太的。民间有歇后语“高洪太的锣—— 响（想）得很”。2007年，高洪太铜锣成为湖北省非物质文化遗产。

买伞要买苏恒泰：苏恒泰是武汉著名的制伞老店。苏恒泰油纸伞，曾被命名为武汉手工业的传统名牌产品，始创于清同治三年（公元1864年），创始人为湖南人苏文受。其纸伞以优质耐用著称，

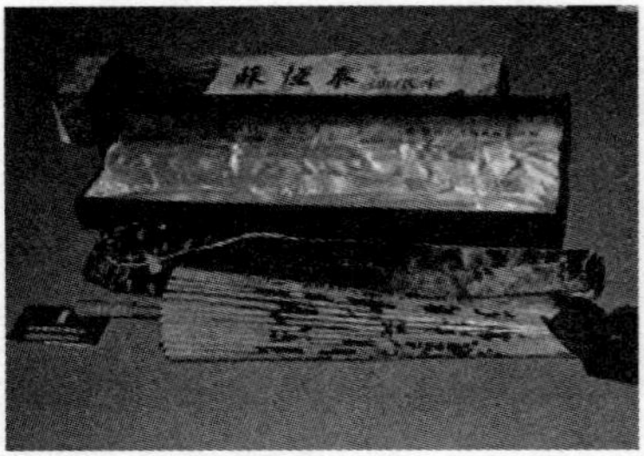

苏恒泰的伞

1928年在湖北省区第一次国货展览会上获一等奖。油纸伞不仅有遮阳挡雨的使用价值，而且，“油”与“有”谐音，伞面张开后形成圆形，这些都被人们视为吉祥的象征。旧时武汉以及周边有些人家，闺女出阁，定要购置苏恒泰红面、蓝面纸伞各一，男持红、女持蓝，以祝福新人生活幸福，白头偕老。后因花布伞、塑料伞、青布伞等逐步兴起，1970年，武汉苏恒泰油纸伞停产。2011年，苏氏后人苏纯三弟兄成立苏恒泰商贸有限公司。

旧时武汉的大街小巷常可听见这样的吆喝声：

雪花膏、美人胶，香水香粉香肥皂；用了我的美人胶，包你头发亮翘翘。

雪花膏，中国最早有规模生产的化妆品之一，曾广泛流行。据说这种护肤品像雪花一样白，涂在皮肤上立即消失，故名雪花膏，代表品牌有“雅霜、百雀羚”等。价钱不贵，但一般小户人家还是买不起整瓶的，多为零沽，和“打酱油”一样，那时叫“打雪花膏”。据《武汉地方志》（日用化学工业篇）记载，过去半两“马人和”

雪花膏的价格大概相当于1985年的一角钱。一个“竹片片”一舀，足够一个女人用一个月。

美人胶，相当于现在的摩丝，可用来美发、护发。据说是柚子树的树干制品，用刨刀推出极薄的一片长刨花，然后扎成一小捆出售。购者只要用几片柚子刨花浸在一小碗水里，泡上一两天，便会出现一种粘液，用软毛刷沾上粘液梳理头发，效果就像今天的摩丝一样，既美观，又光亮有型，“亮翘翘”的。这玩意女人用的多，所以民间俗称“美人胶”。

冰片粉、痱子粉，马人和的爽身粉，蚊子一闻马上滚，毛毛一夜睡安稳。

百年化妆老品牌“马人和”，由马氏家人经营，其祖上为西域鲁穆人。马家后人于清末弃官经商，发迹于安徽怀宁，兴旺于湖北武汉，生产经营雪花膏、冰片痱子粉、香粉、爽身粉、香水、口红等日用化妆品，以“嫩面香品”的雪花膏和“功效奇特”的爽身粉最受欢迎，特别是冰片粉在中国属“马人和”独创专利的民族品牌。

“老马人和”手工操作，批量生产，自产自销，价廉物美，久负盛名，鼎盛时期，曾经占据了武汉化妆品行业的半壁江山。产品多次成为本地进贡贡品，由李鸿章荐举，还受到慈禧太后的称赞。

后来出了一件“干女儿抢生意“的大事，给马家以沉重打击。

马家掌门马干臣有个“干女儿”很灵巧，经常到店里忙出忙进，帮里帮外，实则暗中偷学技术秘方和工艺流程，她多次提出要开“老马人和”的分店，马干臣因为祖宗招牌不传外人，便好言谢绝。后来这位“干女儿”竟然在当时位于民生路的“老马人和”商号对面，开了一家名为“老马入和”的花粉店，玩起真假“李逵”把戏。“入”与“人”字形相近，一般人不会留意其差别，因此，抢走了马家不少生意。武汉沦陷后，“老马人和”挺身抵制日货，随即遭致报复，店铺被日人征用、查封，马干臣在国仇家恨中离开了人世，马氏合家被迫前往湖北沔城避难。至此马家由盛到衰，辉煌不再，只留下“老马人和”这块招牌。

老武汉化妆品牌还有戴春林，盛代民的博文《市声阵阵　劳苦幽怨——旧汉口民俗之二》选载了这样一首类似歌谣的小贩叫卖声：

（甲）戴春林的雪花膏，（乙）快来看，快来挑。（甲）看一看，看香料；（乙）买一买，看好歹。（甲）姑娘搽，（乙）么样？（甲）香飘十里脸如玉。（乙）嫂子搽，（甲）压赛西施和王嫱。（乙）太婆搽，（甲）脸上皱纹全消光。（乙）你搽呢？（甲）像是石灰粉土墙，又像发米粑粑糊上米浆浆。

两小贩对唱，一唱一和，幽默风趣，宣传对路，且有特色，引人注目，起到了很好的推销作用。

戴春林系扬州著名商标，创办于明末，至今有近400年的历史，人称“中华最古老的化妆品品牌”，以香粉、雪花膏最为有名，坊间有“苏州胭脂扬州粉”之说。戴春林很早就在武汉设有分店，其产品货真价实，在三镇十分畅销。

老字号，是商家、厂家用几十年，甚至几百年的光阴铸造出来的具有灵魂的金字招牌，是地方传统文化的重要内容，支撑它们的不仅仅是自身的质量信誉和经营理念，还有人们的口碑，代代相传。

过江

十个鸡蛋甩过江，是武汉童谣《张打铁》中的一句，这句话很难理解。有种说法，说是乘船过江，没有现钱，便用十个鸡蛋来冲抵船资，这就叫“十个鸡蛋甩过江”。这船钱不便宜，也难怪，过去小划子过江，不管是从汉口到武昌，还是从武昌到汉阳，都不是件很容易的事。风险就是费用，冒险是有条件的。

下面这首谣歌说“过江”之险：

三月三，九月九，无事莫打江边走。汉阳门，鹦鹉洲，同船过渡前世修。大船游，小船漂，坐船的，过细了。莫乱说，莫乱摇，掉进江里算搭了。掉下去，鼓个泡，看倒看倒不见了。哭爹嚎娘冇

江边码头

早期外文报刊上的汉口江边

得用，快到阳逻把尸捞。

明代成化年间，汉水又一次改道，使得一个新崭崭的汉口在华夏大地闪亮登场，武汉也由“双城对峙”变为“三镇鼎立”。这种格局的形成，有人为的因素，更多却是自然的威力，人类逐水而居，尽管极不情愿，也不得不接受上苍的安排。长江旧称天堑，水急浪高，十分凶险，给武汉江南江北的物质交流和人员往来带来严重障碍，制约了两岸的发展，此谣就是这一历史境况的写证。

武汉书业公会1920年出版的《汉口商号名录》中附录有《汉口指南》，其253页中就有“三月三，九月九，无事莫打江边走”的俗谚，旧时汉阳民谣也说：

三月三，九月九，划子莫在湖上走，若要不信试试看，十有八九翻跟斗。

三月有桃花汛，江水猛涨；九月秋尽，西北风起，在这些时段里过江常常会遇到意外，不很安全，非有急事，切莫过江。“打江边走”，实指从江这边坐船到江那边。打：从。

汉阳门：武昌汉阳门外有渡江码头，客运专用。鹦鹉洲：武汉古今江流沙洲变化很大，鹦鹉洲所指不一，此处指汉阳拦江堤外的鹦鹉洲，系清乾隆年间新淤的一洲，曾名“补课洲”，嘉庆年间改名鹦鹉洲，

同船过渡是种缘分，旧有“同船过渡，五百年修”“百年修得同船渡，千年修得共枕眠”之说，叫人们惜缘。

谣歌提醒坐船的乘客要小心谨慎。过细，一般指细致，武汉话多用于“小心”，俗话“你跟我过细点”，意思就是“你跟我小心点”，有时带有威胁成分。旧时船家忌讳很多，乘船人不得多言多语，更不能行为犯忌，如“跨了桅杆顶，船儿行不稳。跨了舵摇棍，行船风不顺。坐了将军舵，驾船要挨饿。拉丝不能坐，坐了掉下河”。船家本身也有许多规矩，如“船板莫沾血，沾血遇冤孽。骨头河里抛，船儿要翻蔸。锅灰刮上别家船，挨霉倒运讨人嫌。对街对屋莫对庙，靠坡靠岸莫靠闸”等。

捨了：武汉话糟了、坏了、完了。捨：方言音 sě。阳逻是个市镇，在武汉下游 20 千米，由于特殊地理环境，江流至此，形成大漩转，使得阳逻成为武汉江段打捞长江浮尸的第一道关口，俗有“浪尸漂，停阳逻”之说。阳逻旧有“培心善堂”这一专职捞尸的民间慈善机构。

冬日风起，气温骤降，武昌的人就会说“寒婆婆过江了”，意思是西北风从汉口那边吹过来了。

寒婆婆，天上坐，小风过了大风过；寒婆婆，天上站，北风吹得人打颤。

谢秀英老人传唱。此谣讲述了武汉入冬后的天气状况，农历十月中旬，位于立冬和小雪之间，武汉时有北方寒潮来袭，寒风日趋逞威，所以说“小风过了大风过，北风吹得人打颤”。

“寒婆婆”据说姓韩，也作“韩婆婆”。民间传说，韩婆婆的儿子叫马和尚，是个败家子，吃喝嫖赌，坏事做绝。家产败尽后，为了卖房子换钱，就把韩婆婆骗到江心的一个沙洲上打柴。卖掉房子后还是输得精光。他又去沙洲，不料韩婆婆未死，便横心踢死母亲，拔走她头上的玉簪，再去赌场。玉皇闻之大怒，把马和尚困在沙洲，要冻死他。孰知这家伙身强力壮，居然熬过了严冬。玉皇只好突然来个倒春寒，这才结果了马和尚的性命。

韩婆婆到沙洲打柴的那天是农历十月十六日，民间有以此日来推算今冬寒与暖的习俗：是日阴雨，韩婆婆打的柴就少，冬天则多晴朗，不用担心无柴过冬；是日晴好，韩婆婆打的柴就多，冬天则多雨雪，明春还可能倒春寒。

还有个传说，寒婆婆叫韩菊梅，嫁个丈夫不是人，虐待妻子，自己花天酒地，游手好闲，却逼韩菊梅每天过江打柴。农历十月十六日，韩菊梅冻死在路上。上苍可怜她，于是，此后每年的这天都刮大风，让人记住这可怜之人。

那些冬天缩头缩脑、特别怕冷的人，坊间戏称为“寒婆婆”。

武汉还有个蚊子过江的说法：

麻脚蚊子长，出生在汉阳，吃喝在汉口，过脚在武昌。

选自彭翔华著《大城小巷》第89页。

武汉城区常见的蚊子主要有两类：库蚊和伊蚊。这个伊蚊，就是俗称的“麻脚蚊子”，也叫“花脚蚊”或“花斑蚊”。这种蚊子主要栖息在房前屋后，虽个头较小，但攻击性强，叮咬之后，造成的痛痒反应也更为强烈。

过去，汉阳月湖一带，荒湖野草，杂树丛生，蚊子极易滋生。夏天吹南风，把蚊子吹过河，吹到了汉口，汉口人多，且都喜在外乘凉，蚊子便有了好吃好喝。秋天开始吹西北风，把蚊子吹过了江，吹到了武昌，这时候，它们的阳寿也到了，所以在武昌“过脚”。过脚，旧时武汉有“过手过脚”“从我这里过一脚”的话语，此处指死亡。

虽然，这只是一种说法，但也多少反映武汉的一些地理、物候特点。

金银铜铁锡

旧时的武汉三镇，是小商品的海洋，也是小手工业者的天堂。大街小巷，无处不见他们整日忙碌的身影；亭午晨昏，无时不闻他们的加工声、呼唤声、吆喝声。人们相信，上至帝王将相，下至黎民百姓，无论贫富贵贱，其日常生活都与这些匠人们的手工技术和辛勤劳动密不可分。

有首武汉歌谣，专门唱“金银铜铁锡”五大匠：

金匠，金匠，打个金杯送皇上；银匠，银匠，打个银簪送娘娘；铜匠，铜匠，打个铜盒送丞相；铁匠，铁匠，打个菜刀送婆娘；锡匠，锡匠，打个锡壶送男将。

金银铜铁锡，俗称五金，是社会生活中使用最为广泛的金属材料。五金匠人位列“民间十八匠”之前，为坊间所熟知。然存世量的多寡，内在价值的高低，都显现了占有者、使用者的尊与卑。

金匠：从事黄金饰品、制品加工的手艺人。黄金是金属中最稀有、最珍贵的金属之一，世界各国都不约而同地将其作为财富的代名词。

银匠：制作、加工银器和银饰的工匠。白银虽与黄金相对而称，但其价值却远不及黄金。民间使用银饰品、银制品不为少见，特别是一些少数民族地区。

铜匠：这是一个古老的行当，旧时的铜匠分为“生铜匠”和“熟铜匠”两种：“生铜匠”以浇铸铜器为主，“熟铜匠”以加工铜件和维修为主。武汉传统铜制品在清代就很有名，汉口至今尚存“打铜街”；高洪太的铜锣，洪亮悠长，声震四海。

铁匠：铁外表灰暗，容易锈蚀，大多用以制作日用器具，如铁锅、菜刀、剪子之类。婆娘，一般指已婚的女人，带点贬义；家庭妇女做饭弄菜离不开菜刀，故而送“婆娘”。

锡匠：指从事锡制品加工和焊锡工艺的匠人。锡，熔点低，易于加工，透气性好，素有“盛水水清甜，盛酒酒甘醇，储茶色不变，插花花长久”之美誉，所以多用其制作各类容器，如茶罐、酒壶等，男人使用较多，故而送“男将”。“男将”是武汉方言，系“男人家”的合音快读，一般泛指成年、壮年的男人，也有指自己或他人老公的。

明清之际，随着汉口的日渐繁荣，周边许多地区的匠人陆续云集于此。他们在此卖艺讨生，走街串巷，开店设行，生根发芽，尤以黄陂一带的匠人人数最多，影响最大，世传“无陂不成街”的说法，主要指黄陂籍的手艺人多。

技艺逐步提升，分工日益精细，三百六十行，尚不能包括所有行当，于是久而久之，人们把这些靠手艺谋生的民间工匠所从事的行业统称为“九佬十八匠”。“九佬十八匠”是能工巧匠总的泛指，具体说法不一。一般认为“九佬”指的是阉猪、杀猪、骟牛、打墙、打榨、剃头、补锅、修脚、吹鼓手这九个行当。“十八匠”则指“金银铜铁锡，木瓦窑石漆，弹篾染画雕，酒箍皮”等匠人。

为了全家的生计，除了逢年过节有限的那几天，匠人每日都在忙碌着，唯有农历三月二十八是个例外，这一天所有的手艺人都要停业休息，参加旧时武汉极富盛名、极有特色的“天齐会”。说“天齐会”是个宗教节日，还不如说是手艺人的节日。

“天齐会”祭祀东岳大帝，即泰山神，传说其为冥司之主，掌管人间生死，收人魂魄，北宋大中祥符四年被封为“东岳天齐仁圣帝”。民间自三月中旬起，便开始在东岳庙前搭台唱戏，举办各种活动。至二十八东岳大帝诞辰日，隆重热闹上升至极点。叶调元的《汉口竹枝词》就有描写：“岳神诞日进香来，人海人山挤不开。名是敬神终为戏，逢人啧啧赞徽台。”热闹壮观，可见一斑。

汉口东岳庙在今利济巷前，逢天齐会期间，人潮汹涌，熙熙攘攘，摩肩接踵，互不相让，至于对岸的武昌场面就更大了。清同治八年《江夏县志》载：“天齐会中，远近居民先期悬榜演剧。届时，士曹燃烛，铙铎步虚声不绝。市中百戏遝陈，观听骛集。”武汉书业公会1920年出版的《汉口商号名录》附录有《汉口指南》，其“汉口岁时记”一节中记载：“三月二十八日为东岳诞辰，以大东门外大东岳庙香火最盛。男女祀神者，便游洪山。”人们一边赶会拜神，一边游玩洪山，暮春时节，大好春光。

匠人们和各行会搭建了祭祀朝拜、酬神唱戏的舞台，老少人等纷至沓来，凑热闹，赶场子；红男绿女则借此时机，窥花观蝶，谈情说爱，把它变成了一个民间狂欢节，这就是武昌独有的“甘蔗节”。

三月二十八，洪山敬菩萨，钱多吃甘蔗，钱少吃麻花。

选自徐明庭主编《武汉风情》（华中理工大学出版社，1992 年 9 月）之《武昌旧俗甘蔗节》。

“甘蔗节”之习俗相传起于元朝末年，《武昌区志》载：元末农民徐寿辉在鄂东蕲水（浠水）起义称帝，派邹普胜智取武昌，约定城内接应者手持甘蔗为号。邹部入城后，见手持甘蔗者或门前有甘蔗渣的人家，概不侵扰。此后，武昌民间遂流传此日吃甘蔗可“得福消灾、清火明目”之说，“甘蔗节”因此而兴。这天买甘蔗的人特别多，价钱自然往上涨，钱少了，就只好买便宜一点的麻花吃了。

武昌“甘蔗节”是地方上独有的习俗，1938 年 4 月，武汉警备司令部以“国难严重，空袭时闻，为策人民安全起见”，明令禁办庙会。当年 10 月，日军进入武昌，迄今，“甘蔗节”这个具有浓郁地方特色的民间节日一直未能恢复。

民间有“各行各业，无祖不立”的说法，工匠信仰以崇拜各业祖师爷为主，如铜匠、锡匠、铁匠敬奉李老君，木匠、泥瓦匠、石匠敬奉鲁班，剃头匠敬奉罗祖，画匠敬奉吴道子，纺织业敬奉黄道婆、织女，裁缝敬奉黄帝等。祖师爷或直接、间接地开创扶持过本行业，或因很有名望而被后人强行安上。学徒时入门要拜师，即拜拜师先、

《点石斋画报》上刊登的“磨子会”盛况

《点石斋画报》“赛会奇观”，匠人们高举本行的磨子菩萨，随着鞭炮声在不停地旋转

拜祖师爷。

为了维护自身的利益，在武汉这个鱼龙混杂的地方立足，匠人们最好的选择就是加入行帮，以求庇护和发展。旧时武汉行帮有三种组成形式：一是以籍贯地为名，如福建会馆、宁波会馆、广东会馆；二是以行业为名，如营造公所、盐业公所、钱业公所等；三是以祖师爷、神灵为名，如雷祖殿、鲁班阁、三皇殿、轩辕殿等。1929 年根据国民政府有关规定，全部依法改为同业公会。至 1948 年 5 月，汉口的同业公会达到 227 所，武昌约有 80 所，汉阳约有 32 所。

各行帮有合作也有竞争，甚至有激烈打斗。过去武汉独有的风俗“磨子会”，表面上是迎神赛会，实际是各行帮展示实力的窗口。磨子会每年从五月初一玩到十五，历时半个月，共奉 48 坛，各行有自己的磨子菩萨，依据行业起名，如豆芽菜行供的叫豆芽磨子，生漆行供的叫生漆磨子、药材行供的叫药材磨子等。迎赛菩萨时，表演者手擎坐有磨子菩萨的神轿，神轿之中或加铁板，或压磨石，五百斤为准，所到之处，燃放鞭炮，表演者则随着鞭炮声旋转直至鞭炮声结束。此活动完全靠手臂托举，且时间长，具有强烈的“斗狠”色彩，非常彪悍。

武汉曾是我国中部传统手工业生产的重要区域之一，曾涌现出无数个优秀的匠人，他们编织了生活，缔造了历史，为我们吟诵了一个又一个人生故事……

六渡桥和龙王庙

来到六渡桥，一看冇得桥，不晓么板眼，偏要这样叫。还有龙王庙，也是冇得庙，小河连大江，洋船呜呜叫。

由徐明庭先生传唱。冇得：武汉话，没有。板眼：原指戏曲、民族音乐的强弱节拍，武汉话有“规矩、办法、本领”等意思，此处为“原因”。

六渡桥无桥，龙王庙无庙，有意思。

要说六渡桥，先说玉带河。成化年间的汉水改道，捧出个汉口来，新兴的汉口得天时，占地利，烟树人家，旖旎繁华，为“天下四聚”之一，然时而泛滥的后湖之水却给它带来了很大的威胁。崇桢八年

地处六渡桥的老远东饭店、即后来的六渡桥百货公司、六门

（公元 1635 年），汉阳通判袁焻在今长堤街一线筑堤防水，人称“袁公堤”，其取土处凹陷成河，堤后有堑，环绕如带，故名玉带河，又名“官港”。玉带河上引汉水灌入，下至堤口入江，为方便交通往来，人们先后在河上修有桥梁 30 余座，六渡桥就是其一。

清道光二年（公元 1822 年），范锴所著《汉口丛谈》一书对当时汉口的“坊市街衢”，“大略纪之”，录有一首竹枝词云：“妾似垂丝牵不断，郎如飞絮任斜飘，人都说是伤心树，怕上春风六度桥。”这里面隐含的一段凄美爱情故事，今天已是无法探知详情了，但“六度桥”却是“六渡桥”的最早记载。

有趣的是，这一座见过故月未见今月的小桥，且有“六度桥、六渡桥、六道桥、陆渡桥、六斗桥、绿豆桥”等多种写法，地名由来也诸说不一。

六度桥：因附近的六度庵而得名，这恐怕是最经得起推敲的说法。“六度”本是佛家语，即六波罗密，通过“布施、持戒、忍辱、精进、禅定、智慧”等方面修炼，到达彼岸。玉带河上有不少因附

1931年大水，水淹六渡桥

近庙观名而得名的桥梁，如因玉皇阁（今利济路中段）而得名的玉皇桥，因宝林庵而得名的宝林桥，因广益祠而得名的广益桥，六度桥也是如此。在清道光三十年（公元1850年）刊印的叶调元《汉口竹枝词》“灾异”卷中，叶调元在一首诗中自注：“自上堤自在庵至下堤六度庵、会馆约十余所，雕墙好宇，悉付风涛，神像落水，以绳系之。”

六渡桥：“度”本多意字，在文言文中可与“渡”通用。后来人将“六度桥”写成“六渡桥”，这也是很自然的事。

六道桥：有人说顺着数它是玉带河上的第六座桥，故名。徐明庭先生在《六渡桥旧话》（原载1992年版《武汉风情》）一文中说，此说纯属牵强附会，因为无论从东往西数，还是从西往东数，它都不是第六道桥。

陆渡桥：“陆”为“六”的大写，有人说按修建的顺序，它是修成的第六座桥。徐老也不赞同这一说法：第一，不符合事实；第二，为什么没有“伍渡桥、柒渡桥”，单单蹦出个“陆渡桥”？

六斗桥：来源于一个民间传说。人们说这一带原来是湖淌子、臭水沟，有个遭业的太婆，儿子早年去世，剩下一个独孙子给人打工，晚上回家晏（àn，晚）了，淌水过河时，不小心失足淹死。太婆伤痛欲绝，为了告慰亡灵，她将自己家里仅存的六斗米全部拿出，发誓要募捐修桥，以绝后患。四邻八舍都很同情，也很感动，纷纷出钱出力，最后桥修成了，就取名“六斗桥”。

关于玉带河的风险，叶调元《汉口竹枝词》卷五《杂记》中亦有诗云：玉带河边百万楹，北风吹水梦魂惊。可怜人逐波涛去，隐隐犹闻救命声。看来，传说不无根据。

绿豆桥：有人坚持说，当年修桥的太婆拿出的不是米，而是绿豆，所以叫“绿豆桥”。在老辈的口中，六渡桥读成“lóu duò 桥”，“豆”不读 dòu，而读 duò，说的时候，嘴巴还要略微嘟起。这样，老人们口传的有可能就是“绿豆桥”。孰是孰非，不得而知。

据徐老《六渡桥旧话》中说，相传桥边，过去是有大块的绿豆地，人们用收获的绿豆换米，自己却舍不得吃，有谣云：

裁缝穿的衣裳破，木匠冇得板凳坐。莫看种的绿豆多，冇得绿豆熬汤喝。

种绿豆的，热天无绿豆汤消暑降温，这首童谣从一个侧面反映出当时穷人的困苦和艰辛。

随着玉带河的逐渐淤塞以及汉口向北的大扩容，六渡桥一带相继为市，河没了，桥自然也就没有了。

现在的六渡桥只是一个大概的地理范围，并无具体所指。有条

“六渡桥街”，在铜人像旁边，它只是一条窄窄的巷子，仅有五户门牌，可能是武汉市最短的小巷之一，不是通常人们口中的六渡桥。

六渡桥不长的历史，却见证着老汉口的辉煌与风雨。

这一带的建筑和街衢完全可以和租界比美，显示了华界民族资本的志气。南洋大楼曾是国民政府的办公地、全国的革命中心，民众乐园（新市场）多年来都是蜚声海内的娱乐中心，这里有红色的“长江书店”（初开堂），有日寇在汉最大的“慰安所”（积庆里），有日军的招待所和兵站（老远东饭店、后来的六渡桥百货公司、六门）……

最使六渡桥声名远扬的还是它的百年繁华，在很长时间里，它都是汉口的商业中心，没有到过六渡桥，就等于没有到过汉口，人们都这么说。

旧时的中国多三庙：土地庙、龙王庙、关帝庙。有土的地方就有土地庙，有水的地方就有龙王庙，有集镇的地方就有关帝庙。汉口旧为水乡泽国，因水而市，也因水而灾，故而少不了龙王庙。

此处的龙王庙指位于汉江与长江交汇处的汉口龙王庙，原址在今武汉水运公司码头附近。汉水入江处岸陡水急，船多倾覆，旧时汉口沿河有八大险段，龙王庙名列其首。为祈求平安，人们只得求助于龙王爷，筑庙供奉。据《汉口竹枝词校注》记载，龙王庙码头始建于清乾隆四年（公元 1739 年），后有学者考证认为，龙王庙的出现，当在公元 1708—1739 年间。主神为东海龙王敖广，

明信片上的龙王庙码头

1889 年，龙王庙码头

神龛两侧有一副对联：“千秋歌雨顺，百世卜澜安。”横批：“大庇天下。”

1930 年，汉口市政府工务段为了修筑沿河马路，将龙王庙及其牌坊全部拆除。1931 年武汉大水，又将其残存冲得一干二净，可谓是现实版的“大水冲了龙王庙”。这回的大水非比寻常，一淹就是两个月，迟迟不退，于是市面谣传纷起，说是拆庙惹恼了龙王爷，故而水灾暴虐。为让洪水早日退去，地方政府特请某高僧筑坛做法，时任武汉警备司令的夏斗寅还带头拈香叩首，岂料这位高僧法术不灵，出尽洋相后不辞而遁。著名报人蔡寄鸥作歌以讽之：“大善士，信神明；大和尚，现威灵；筑高台，念黄经……今日不退水，明日不退水，水晶宫里问龙王，不信龙王不讲理。台上法无边，台下水无涯，善男信女齐喧哗，和尚此时心如麻。丢了木鱼，丢了铙钹，脱了袈裟。”（详见徐明庭《防汛险段龙王庙》，原载《老武汉丛谈》，崇文书局，2013 年 10 月版）。

据徐老讲，此谣传唱于 1937 年，那时龙王庙连影子都没有了，所以说“冇得庙”。现今龙王庙已恢复重建，并已成为汉口的一大景观和防汛纪念地。

喜头鱼·红菜薹

喜头鱼，真好吃，拣大的，煮汤吃。红菜薹，绿油油，买一把，炒腊肉。

选自彭翔华《武汉民间童谣辑注》（武汉大学出版社，2015 年 7 月第 1 版，第 129 页）。鲫鱼，武汉俗呼“喜头鱼”或“喜头”，也有把小喜头鱼叫“鲫子”的。头：方言旧读 tuó。拣：方言音读 gǎn，挑选。武汉人喜欢将大一些的喜头鱼（半斤左右）清水炖煮，不需要多的作料，加盐加姜略加一点醋即可，汤汁浓白，味道鲜美。

关于喜头鱼名称来由有几种说法。

学者考证，据《本草纲目》记载，此鱼“性喜偎土”，因此应叫“喜土鱼”，武汉话“土”和“头”相近，所以就读成了喜头鱼。

民间传说，过去有个卖鱼的没有什么文化，“鲫”字太繁笔画多，写不好，就照读音写成“吉鱼”。碰到那个买鱼的也不认识“吉”字，但看出它是办喜事时墙上所贴“喜”字的上半截，就叫它“喜头”，于是，人们都唤鲫鱼为“喜头鱼”，又吉利喜庆，又通俗好懂。

另，武汉坊间将鲫鱼视为产妇“发奶”之佳品，生孩子添丁进

鲫鱼，武汉俗呼喜头鱼

口，是家庭也是人生大喜事，喜上心头，故将鲫鱼称为预示吉祥幸福的“喜头鱼”。

武汉人烹调喜头鱼，传统风味有“豆瓣鲫鱼”“番茄鲫鱼汤”等，现在的“烧烤鲫鱼”也不错。喜头鱼个头不大，一般最大的也就七八两重，现在有一两斤甚至两三斤大的，这个已经不是传统意义上的喜头鱼了，这类大块头叫做湘云鲫，是由鲫鱼和鲤鱼杂交培育出来的新型鱼种。这种鱼生长速度很快，经济价值较高，但味道逊于普通鲫鱼，比起野生鲫鱼就差得更远了。

如果要评选湖北的菜蔬之王，红菜薹是当仁不让的最佳选择。它是湖北菜蔬的优秀代表，没有之一，而洪山菜薹则是珍品中的极品。据记载，洪山菜薹历代是鄂地向皇帝进贡的土特产，曾被封为“金殿玉菜”，民间有“梅兰竹菊经霜翠，不及菜薹雪后娇”之说。它与武昌鱼齐名，一荤一素，一动一静，堪称楚天鄂地两大名菜。

红菜薹别名芸薹、芸薹菜、油菜薹、紫菜薹、红油菜薹等。民间传说，凡是听得到洪山宝通寺钟声的地方所产菜薹就很好，这个范围虽有限，但也不小，它含盖了石牌岭、马房山、珞珈山、小洪山等。于是又有人说，洪山宝塔的落影之地所产菜薹才是最佳的，这个主要指白芋山和吴家山之间一块名叫“学田垄”的地方，大约有两百亩，此地直通晒湖，不仅土质肥美，而且有泉水浇灌，“味尤佳，它处皆不及”。“塔影钟声映紫菘”，这些传说赋予了洪山菜薹的神秘性。

从洪山宝塔向东的景观 美国人 Frederick G. Clapp 摄于 1913—1915 年

洪山宝塔附近的一座牌坊，美国人 Frederick G. Clapp 摄于 1913 年～1915 年

在《齐民要术》《唐本草》《唐本草注》等古书中，都有关于紫菜薹的记载。明李时珍《本草纲目》言：“此菜易起薹，须采其薹食，则分枝必多，故名芸薹。九月、十月下种，叶形似白菜，冬春采薹必为茹，三月则老不可食。”康熙十三年（公元 1674 年）《武昌县志·卷三》记载：“蔬之属，有芸薹，即油菜，春始荞。”乾隆十二年（公元 1747 年）《汉阳县志·卷九》描述：“芸薹，紫干亭亭，茎叶肥择，在冬蔬中，味清而腴，种宜肥壤，秋植冬可撷英。”

“米酒汤元宵夜好，鳊鱼肥美菜薹香”（清·徐鹄庭《汉口竹枝词》）。红菜薹的食用部分为嫩花茎，脆嫩爽口，风味独特，色香味俱全。著名武汉籍作家池莉在小说《致无尽的岁月》中曾这样写到洪山菜薹：“广东的苦瓜味道太淡，海南的空心菜味道太淡，北方的萝卜味道太淡，湖南、四川的辣椒太辣，绍兴的臭豆腐太臭……只有洪山菜薹，只有洪山菜薹才叫做香！”

关于洪山菜薹的传说故事很多，比如苏轼兄妹畅游黄鹤楼以后，为了能吃到洪山菜薹，竟然滞留武昌数日，推迟行程，直到一尝为快后才离去。又如观音娘娘把一粒天堂的菜薹良种遗留在洪山宝通禅寺的宝塔之顶，先有宝塔，后有洪山菜薹。再如唐朝的开国元勋尉迟敬德为了能吃到洪山菜薹，造塔镇妖，先有洪山菜薹，后有宝塔。《武汉通览》中记载的洪山菜薹则与一则凄美的爱情故事有关。孙权为了孝顺母亲，命当地官员每年将洪山菜薹运至建业，直到吴国太过世，因此洪山菜薹又被世人称之为“孝子菜”。

一些大人物酷爱菜薹爱出了格，利用权势频出惊人之举，引得民间议论纷纷，或作词或炼句，以讽以刺。

清光绪初年，合肥李勤恪督湖广，酷嗜此品，觅种植于乡，则远不及，或曰“立性有宜”。勤恪乃抉洪山土，船载以归，于是楚人谣曰：“制军刮湖北地皮去也。”此为“刮地皮”的故事。

湖北都督黎元洪去北京当大总统，他的夫人想家乡，欠洪山菜薹吃，也曾将洪山之土运了几火车皮到北京试种，结果，橘逾淮为枳，菜薹不是那个味，只好恢复火车运输。蔡寄鸥在《四十年闻见录》中记载了此事，并仿唐人诗句云：“汽笛一声妃子笑，火车载的菜薹归。”此为“妃子笑”的故事。

1949年，国民政府行政院院长张群飞来武汉为蒋介石游说未果。临走前，责令湖北省主席张笃伦：“今晚准备300斤正宗洪山菜薹装机，明早我带回南京孝敬委员长。”时人写诗讽道：“从此辞去鄂州路，空载洪山菜薹归。”此为“飞行菜”的故事。

“紫干经霜脆，黄花带雪娇”，身着紫衣、头顶黄花的红菜薹，不仅味道鲜美，而且应承“紫气东来”之说，是人们送旧迎新的吉祥之物。红菜薹炒腊肉，至今仍是武汉市民春节前后的时令佳肴。

洪山菜薹如今已经成为“国家地理标志保护产品”，成为盛名不衰的千古名菜。

长江大桥

长江天堑，风波险恶，架桥一直是人们千百年来的梦想。

历史上，武汉江面上的第一座桥是太平军搭建的，不过是浮桥。太平军攻占武汉时，时值枯水季节，江中沙洲显露，于是“以巨缆横缚大木”，搭成“上由鹦鹉洲至白沙洲，下由自南岸嘴至大堤口”两道浮桥，“人来马往，履如坦道”。有竹枝词云：“汉阳城破贼氛张，两道浮桥搭过江，亡命几千围省会，官员口得尽慌忙。”这是我国历史上浮桥架设规模最大，并在军事上发挥了重要作用的一组浮桥。旋即不久，浮桥被毁。

武汉长江大桥正式通车

武汉长江大桥是长江干流上修建的第一座具有现代意义的大桥。于 1955 年 9 月动工，1957 年 10 月 15 日正式通车，比原计划提前一年三个月。西北始于汉阳龟山南坡，东南止于武昌蛇山入江的山头，总长 1670 米，其中正桥长 1156 米，上层为公路桥，下层为双线铁路桥，桥下可通万吨巨轮。

大桥通车时，武汉三镇沉浸在狂欢之中。10 月 16 日，《人民日报》以整个头版报道长江大桥通车盛况，头条标题是“火车飞驰过长江——千年理想成现实，万众欢腾庆通车”，并用几乎通栏的版面刊登了长江大桥的全景图。

万里长江第一桥，桥上诗人知多少？自建成以来，咏唱的诗歌不计其数，1958 年 9 月长江文艺出版社就出版了《武汉长江大桥诗歌选（诗集）》，其中有吴玉章的“滚滚长江东逝，一桥南北沟通，天堑也能飞渡，人力巧夺天工”。

在民间也有不少民歌童谣传唱：

“武汉号”轮渡船以及江边的铁轨

长江，大桥，长江大桥修得好。十月十五号，大桥通车了。

此为跳橡皮筋歌谣，20 世纪 50 年代末至 60 年代初在武汉孩童间广为流传，首句“长江，大桥”念唱时，“长，大”两字根据节奏延长一拍。

月亮走，我也走，我跟月亮背笆篓。一背背到大桥口，船从桥下过，人在桥上走，火车汽车能过江，龟山蛇山手牵手。

选自朱建颂《武汉方言研究》第 182 页。

前面两句借用传统“月亮走”之开头，起比兴作用，实则唱长江大桥。龟山蛇山：连接长江大桥的两座小山，龟蛇锁江，相对而立，天造地设，气势不凡。

武汉长江大桥将武汉三镇连为一体，极大地促进了武汉的发展。同时它是中国国内首座公铁两用特大桥，它将京汉铁路和粤汉铁路两路接轨，并于 1957 年 11 月 11 日合称为京广铁路，成为这条线

1958 年 9 月长江文艺出版社就出版了《武汉长江大桥诗歌选（诗集）》

路上最重要的“咽喉”。对促进我国南北经济的和谐发展，促进国民经济建设起到了重要的作用。

“武汉一大怪，火车轮渡载”。为了链接平汉线和粤汉线，1937 年 3 月，江岸火车站江边和徐家棚火车站江边，两个轮渡码头建成，两条铁路实现对接，从那时起直到长江大桥通车之前，火车过长江都是要乘轮渡。火车轮渡过江，是个系统过程，非常麻烦，耗时耗力，隐患很大，实在是不得已而为之。大桥建成后，列车过江时间由将近两个小时缩短为几分种。1958 年，运行了几十年的铁路轮渡因失去作用，终于停航。

1956 年 6 月，毛泽东题写的“一桥飞架南北，天堑变通途”，正是武汉长江大桥对沟通中国南北交通的重要作用真实写照。作为新中国建设成就的一个重要标志，武汉长江大桥是唯一一座曾分别出现在三套中国邮票上的桥梁，其图案曾入选 1962 年 4 月开始发行的第三套人民币，是中国著名的旅游景点之一。2013 年 5 月 3 日，武汉长江大桥入选《第七批全国重点文物保护单位》。

摇啊摇，摇到长江大铁桥，桥上火车轰轰跑，桥下轮船呜呜叫。

全国人民的学习榜样雷锋也曾来此留下了他的身影

选自《桥上桥下都是景》，原载2007年10月23日《长江日报》。

同上首一样，用平白的语句描写了武汉长江大桥行人、汽车、火车、轮船立体通行的壮观场面。

武汉不仅是独具特色的“江城、湖城”，还是著名的“桥城”。武汉市城管委桥梁处发布《2013年武汉市城市桥梁年度报告》显示，截至2013年12月31日，武汉共有城市桥梁583座。其中，最有名的，最让武汉人自豪和眷念的，还是这座无与伦比的“万里长江第一桥”。

长江大桥壮观宏伟、造型优雅、品质超群、蜚声中外，在相当一段时间里，它是武汉的城市地标和武汉人的骄傲。武汉人和来武汉的外地人，几乎没有不游览长江大桥的，到大桥留个影，是那个年代的时尚。全国人民的学习榜样雷锋也曾来此留下了他的身影。

下面这首童谣也提到长江大桥。

（甲）长江大桥长不长？（乙）长，（甲）你接媳妇我吃糖。（乙）龟山蛇山高不高？（甲）高，（乙）我吃麻花你吃糟。（甲）

长江大桥明信片

武昌东湖大不大？（乙）大，（甲）我荡划子你挨骂。（乙）中山公园美不美？（甲）美，（乙）我喝鸡汤你喝水。

以武汉几个著名的风景名胜为题，一问一答，轮流提问，相互嘲谑，但无恶意，纯属孩童间的自娱自乐。

武汉民众对这座大桥有着难以言表的深情厚意。据 2007 年统计，武汉市户籍人口中名字带“桥”字的有 28298 人，其中八成以上是在 1957 年 10 月 15 日以后出生，共有 22782 人。同时，武汉生产出的许多商品也以“大桥”作为商标，如大桥香烟、大桥味精、大桥童车、大桥缝纫机、大桥牙刷等。大桥通车前一天，雨衣、糖果、点心等 12 种“大桥”牌商品，联合在长江日报 3 版发布广告，祝贺通车。至 2006 年底，在武汉注册并仍在使用的“大桥”牌商标有 55 个，其中还不包括大量未经注册和废弃不用的商标。

龟山蛇山，是武汉市市内名胜古迹较多的三山中的两座山，隔江对峙，自古便是著名的游览胜地。武昌东湖为武汉著名风景区，1982 年被国务院列为首批国家重点风景区，是中国最大的城中湖，可与西湖媲美。汉口中山公园，是全国建立最早的四个公园之一，也是全国百家历史名园之一。地处闹市，雅致秀美，每日游人络绎不绝，是老武汉人美好的“集体记忆”。

第三章 世态人情

痴家婆

家婆，也叫家家，“家”有两种方言发音，gā 和 jiā。普通话叫外婆，这称呼有点见外，不如武汉人口中的“家婆、家家”那般亲热。

老武汉老说法，人有“三亲”：舅父、姑母、姨母；人有“三不亲”：舅母、姑父、姨夫。说到底还是强调血缘关系。一个人和他的“叔、伯、姑、舅、姨”之间，基因相同为四分之一，属二级血缘亲属，自然要比完全无血缘的“婶娘、伯妈、姑父、舅妈、姨爹”要亲一些。

“血缘亲”的社会人情风貌，虽不能绝对化，但的确是客观存在，过去伢们多，疼这个多一点，疼那个少一点，也很正常，一碗水端平，有时很难。隔代亲，亲更亲，坊间都说爹爹疼孙子多，婆婆疼外孙多。外孙住在外面见面少，一年的疼爱就集中在几天，像聚光灯一样，亮度自然高一些。

在物质供应不景气的年代，家家屋里有好吃的，这恐怕是很多外孙们的美好记忆，也是很多童谣的不倦主题。

摆摆手，家家走，不杀鸡，就打酒。

选自朱介凡《中国儿歌》第198页。摆摆手，也叫摇摆手，幼儿游戏，双手一前一后摆动，同时双脚一左一右踏步，游戏虽简单，但可训练幼儿的协调能力。有时母幼一起做，那就更有意思了。有关摇摆手的童谣比较多，都是一边唱一边做。家家走，到家家屋里去。

虽只12个字，欢欣之情，跃然纸上，家家屋里的好招待，永远是最吸引人的、最令人回想的。

摇摆手，家家走；搭洋船，下汉口；吃鸡蛋，喝米酒；买对粑粑往转走。

选自武汉市汉阳区《索河镇志》第464页。洋船：指外国制造的轮船。由于有别于传统的木制船，旧时将以机器为动力的铁制轮船也统称为洋船。对粑：武汉的米粑，以成对出卖而称“对粑”。

旧时武汉三镇，汉口的声名和繁华独居其首，人们习惯上把“到武汉”统称为“到汉口”。自武汉以上来，称为“下汉口”，自武汉以下来，称为“上汉口”。汉阳索河在武汉上首，故称“下”。

下面这首就更、更详细了：

摇摆手，家家走，一走走到大门口。家家端凳叫我坐，倒碗糖茶叫我喝，抓把蚕豆叫我剥，麻糖炒米一簸箩。家家屋里好香油，滴了两滴抹抹头。家家留我跟她过，我要回去睡摇窝；家家留我玩一玩，我要回去坐洋船；家家留我歇一歇，我要回去打撇撇；家家留我喝甜酒，打开罐子喝个够。

选自彭翔华《武汉民间童谣辑注》（武汉大学出版社，2015年7月第1版，第55页），由余桂珍提供。

香油：俗呼小麻油。古代妇女常用头油来美发、护发，汉通西域后，胡麻（芝麻）引入中原，其所制香油，成了头油的新材料。老武昌豹子獬一带，新婚第三天，女方娘家要来人送擦头油，并接新人夫妻回门，称为“送油”。此处小孩将小麻油抹头，憨态可掬。抹：方言音 mā。撇撇：方言音 pié pie，一种自制儿童玩具，多用废纸、烟盒等叠成。簸箩：方言音 bǒ luó，盛物的竹筐。摇窝：婴儿睡的摇床，这里是一种戏谑说法。甜酒：米酒。

整首歌谣，一气呵成，盛满了温馨，弥散着亲情，外婆的慈爱之心，溢于言表。糖茶、蚕豆、麻糖、炒米、甜酒，尽其所有；留我过，留我玩，留我歇，倾尽爱心。

下面这首很亲切、很富人情味的童谣，则是表现外孙亲热家家的情景：

骑竹马，走人家，走到半路接家家，家家家家屋里坐，我跟家家搨粑粑。

搨：方言音“tá”，同“拓”，动词，赶薄，摊平。搨粑粑是将面粉加水和作料，用油在热锅里摊成软熟薄饼，多用于“过早”，有时也用来作为正餐间的“点心”，甚至“待客”，这里就是用粑粑来款待家家。

关于舅家的童谣，通常演唱的对象有二，一是家家，二是舅妈，关注点只有一个，即对自己的态度。不管受到怎样的接待，都会在稚嫩的心灵中，烙上难以磨灭的痕迹。

私议舅母娘不好的童谣要多一些：

亮花虫，打灯笼，我在舅爷的门前过，舅爷问我是哪个？我是你的亲外甥。舅爷让我屋里坐，叫舅母把鸡杀，舅母娘就把眼睛眨，舅爷说把肉煮，舅母娘就把眼睛鼓。舅爷死了哪个哭？一对亲外甥哭。舅母娘死了哪个哭？一对黄狗咬上门。

选自朱介凡《中国儿歌》第129页。朱母传唱。长辈去世，晚辈哭悼，是孝道的一种表现。最后两句说，舅母娘死了，外甥是不会哭的，只有黄狗咬，这是舅母娘不慈的回报。此类主题的歌谣各地都有流传，如桂琴甫手写稿《新洲县古今民间歌谣》中的《剐草皮》等。谣中的“眨、鼓”两字用得十分形象、贴切，生动地描述了舅母极不情愿而又不便明说的情态，堪称点睛。

痴家婆，疼外孙，长大了，是别人。

选自朱介凡《中国儿歌》第128页。朱先生儿时习唱。祖祖辈辈对一种人间现象、社会情态的慨叹，童谣虽小，记录的却是世人的切肤体验。

在传统社会里，外孙不随舅家姓，终究是别姓之人，不能长居舅家，也就不能更多地回报家婆了，因而武汉坊间有“外孙养大手一指，孙子养大烧张纸”之俗语。

痴家婆，养外孙，憨母鸡，抱鸭儿。鸭儿下水，母鸡见鬼。

选自北京大学歌谣研究会《歌谣》（1923年10月21日，第1卷第29号第4版），黄文搜集。憨：痴，憨厚。抱：禽鸟孵卵；旧作“菢”，今作“抱”。由于长期的人工驯化饲养，家鸭的许多习性如飞翔、迁徙等都改变了，甚至连筑巢孵蛋的原始本能也丧失了，人们就用母鸡替代家鸭孵卵。见鬼：鬼是虚无之物，见鬼喻没有指望，白费气力了。

与上首同述一事，表达有别，运用了类比手法。母鸡孵鸭蛋，带鸭儿，一视同仁，倾尽母爱，然鸭儿终究不是同类，它有自己的生活天地，母鸡的付出恰如东之流水。此种类比源自百姓所知所见，既形象生动，又富有生活气息。

“外孙外孙，越喂越生”，尽管如此，人世间的痴家婆还是“痴”心不改，一如既往，这或许正是人性无言无求的高尚。

吃了饼子，套了颈子

似“吃了饼子，套了颈子”这样的武汉老话现在很少有人说了，毕竟时代不一样了，这“吃饼子”和“套颈子”有什么关系呢？话还得从头说起。

自古以来，不论贫富，婚姻都是人生中的大事，民间也形成一套完整的婚嫁程序和习俗，有议婚、相亲、纳聘、报期、迎娶、拜堂、闹房、谢人、回门等。纳聘，也称下聘、过礼，就是送接聘礼，履行订婚手续。

朱天民《各省童谣集（第一集）》（商务印书馆，1923 年第 1

清代木刻图《拜花堂》

版，第 79 页）刊登了一篇名曰“过礼”的武昌童谣：

小板凳，搭高台，妈妈家，过礼来。八对鸡，八对鸭，八封饼子八封茶。

妈妈家，指未来的婆家。茶，也叫下茶或茶定，旧时订婚聘礼的代称，如三茶六礼、受茶、茶红等。

传统婚俗中，纳聘是一个重要环节，旧时武汉习俗，礼品分“干礼”和“非干礼”两种。干礼是彩礼银和新娘衣物等；非干礼是猪肉、鸡、鱼、糕点、糖等，一般要送猪肉一刀，饼子（或馍馍）一千，鸡、鱼、糕点若干，都要双数。有钱的人家送饼子，最好是汪玉霞的喜饼，有面子，家境差一些的送馍馍，数量也会相应减少。这饼子、馍馍由女方送给自家的亲戚朋友、街坊邻居等，实则向外公告“女儿已经许了人家”。

地上无媒不成亲，在包办婚姻时代强调的是媒妁之言、父母之命，年轻的男女是无法自由恋爱的，自己的婚姻由别人做主。武汉老话：“男怕入错了行，女怕嫁错了郎。”对于男人来讲，包办婚姻的伤害相对要小一些，男人可以嫖院纳妾，另寻感情寄托，而对于女人来讲，婚姻就是一次性豪赌，嫁错了人，则是一辈子的无底深渊。

黎锦晖、吴启瑞、李实搜编《中国廿省儿歌集（第五集）》（中华书局，1923 年 10 月第 1 版，第 3 页）有首“红袖头”的童谣：

红袖头，绿里子，养个姑娘换饼子；饼子换了大家吃，针头抹线娘着急。

陈和祥《绘图本童谣大观》（北京新世界出版社，2007 年 7 月重版，第 215 页）也选有这首武昌童谣，原题《姑娘》；朱介凡《中国儿歌》34 页亦有载录，文字无差。

饼子不是那么随便好吃的。贪图彩礼，胡乱应婚，这位在家没有地位、没有话语权的母亲，看到女儿将嫁人不淑，为其前景堪忧，虽其心如焚，却又无可奈何，只能在那里干着急。

前人感叹“姑娘菜籽命”，姑娘就是一粒菜籽，撒在肥地里就肥，撒在瘦地里就瘦，多数人是无法改变自己命运的，只得听天由命。对于女人来说，千大万大，嫁个好男人，唯此为大。

武汉民间歌谣中，有许多女人控诉包办婚姻的内容，我们把它叫做“女儿苦情谣”。

韭菜开花满地铺，金锣金鼓嫁小姑，小姑的命不好，一嫁嫁个驼背佬，上床要我背，下床要我驮，这个冤家奈不何。

原载朱介凡《中国儿歌》第108页。朱母述唱。

武汉有俗语：男服先生女服嫁，不服又能怎么样？最多只能自叹命不好，埋怨几句而已。冤家：指丈夫，一个给自己带来痛苦而又莫奈他何的人。奈不何：对人对事没有办法。表达上，武汉话有“我奈得何他、我奈得他何、我奈不何他、我奈不他何”等多种形式，很有意思。旧时的“骂媒”之俗，是有深刻的社会原因的。

苋菜梗，梗也红，根也红，韭菜开花重打重。母妈把我说的盐船上，脚蹬舵，手扯蓬，张开口，呵南风，眼泪流了几茶盅。

选自北京大学歌谣研究会《歌谣》（1923年4月29日，第5版第1卷第16号），黄朴搜集。刘经菴编《歌谣与妇女》第13页上亦有刊载，原无题，特别注明是“湖北汉阳的”。

苋：方言音hàn，原作“汉菜”。重打重：形容一蓬一蓬的。母妈：母亲。盐船：专门从事食盐运输的船只。旧时，食盐是重要的民生物质，也是国家税收的重要来源，历代基本上都实行专营，各地盐号均拥有一定数量盐船。蓬：特指船帆。呵：方言音hō，吸，把气体吸进肚里。茶盅：一种喝茶专用的无把小杯，此处形容泪水多。

楚剧《双玉蝉》演唱了这么一个悲情故事：少女曹芳儿，其父酒后失言，弄错了属相，将其误配给尚在襁褓中的婴儿，造成了人生灾难。令人不可思议的是，在明知对方是小娃娃的情况下，还行婚嫁的现象，即所谓的“小女婿”。小女婿是旧时特有的一种社会现象。名曰做媳妇，实际是一边给婆家当女工，一边照顾“小丈夫”，而男孩成人后，往往另娶新妻，作为女方，身不由己，荒废青春，命运是十分悲惨的。

湖北地区有不少关于“小女婿”的歌谣，以京山、天沔一带流传的最有名。武汉也有类似谣歌，如朱介凡《中国儿歌》第110页载：

大姐姐，人也长，一嫁嫁个小新郎。替他脱鞋抱上床，三更半夜哭爹娘。年纪小，瞌睡长，一鼾鼾到大天亮。

彭翔华《武汉民间童谣辑注》第185页：

小女婿，一十三，一次能背两块砖。小女婿，生得美，长成两条打鸡腿。小女婿，冇得床高，一夜床上两泡尿。小女婿，三尺长，你是儿来我是娘。小女婿，你再嚊，就把你丢在外面喂豺狼。

小女婿现象是旧时代社会特征和当地丑恶民俗相互渗透的结果。

还有万恶的童养媳现象。童养媳又称“待年媳”“养媳”，就是由婆家养育女婴、幼女，待到成年正式结婚，旧时在民间甚为流行。童养媳，多为穷人家的女儿，穷爷穷娘养不起，只得早早送人求一条生路，大多童养媳地位低下，生活悲苦。

天上星，颗颗匀，地下小媳妇难做人，一升大麦磨两斗，还说小媳妇赶人情。

选自北京大学歌谣研究会《歌谣》（1936 年 4 月 25 日，第 2 卷第 4 期第 8 版），李四杰搜集。卢前《歌谣》抄本，朱介凡《中国儿歌》第 118 页亦有载录。

媳妇难为，做童养媳的更是痛苦不堪，此谣是一形象描叙。

罗时汉《白沙洲芦家》第 115 页所载的歌谣就更具体了：

天上的乌云赶乌云，地下的小媳妇难做人！五黄六月薅花草，冬九腊月绞车心。车心绞到夜三更，身上冻得冷冰冰，抓把稻草来烘身。爹爹看了不做声，婆婆看了水竹条儿抽断十八根。丈夫看了不忍心，跪在地下求母亲：她是桃花我是根，桃花谢了自成人。

五黄六月：指阴历五六月间天气最炎热的时候。五黄：五月江南梅子熟，所以叫“五月黄梅天”，其总体气候特点是气温高、湿度大、气压低。冬九腊月：数九天，寒冬腊月，一年中最冷的时候。用稻草来暖身避寒，武汉旧称“黄花菜煨肉”，还把这种煨身子的稻草叫“黄丝被窝”（详见朱建颂《武汉俗语纵横谈》第 177 页）。

抓把稻草暖身，竟遭婆婆毒打，“水竹条儿抽断十八根”，可谓恶鸡婆，恶之极也，幸好尚有丈夫为之求情，说好话。此谣是首小叙事诗，通过对恶婆婆大施淫威、小媳妇悲惨境遇的描写，从一个侧面反映了旧时宗法礼教的残酷无情。

朱介凡《中国儿歌》第 119 页载录的《我哭》则是锥心刺骨的喊叫：

我哭！天也平，地也平，只怪爹娘心不平，将我说在苦竹林。我要柴，山又高；我要水，水又深；公婆打我最无情，丈夫也欺凌。

苦竹林喻痛苦不堪的处所，也就是通常言道的“火坑”。

荞麦开花朵对朵，爷娘养我做什么？要我脚踏碓，要我手扯磨，这性命难得活。婆婆打我三面棍，爹爹打我九扬杈，含倒眼泪走娘家。娘说女儿不该来，他里打死他里埋，要他里金盖银棺材，要他里大儿掌大拜，要他里细儿掇灵牌，要他里爹爹戴孝帽，要他里婆婆哭乖乖，要他里女儿穿白鞋。

选自桂琴甫手写稿《新洲县古今民间歌谣》第 175 页。

在婆家受累挨打，回娘家却遭非议，亲娘口里的“要他里，要他里……”，俱是空话不说，而且是以女儿之“死”为前提，为代价的，听了真叫人胆颤心寒。哭诉无门，万般无奈，悲情女子只得发出撕心裂肺般的叫喊：爷娘养我做什么？

旧时的包办婚姻，套了女人的颈子，而且一套就是一辈子！

过年三部曲

一进腊月，大人就会嘱咐小孩，腊时腊月，要讲禁忌，不能口无遮拦，更不能乱说乱动，凡事都要图个平安吉祥。腊时腊月这四个字，一下子让人闻到了年味，年来了！

老武汉人过年，分为三步走，一是忙年，也叫办年；二是吃年饭，守夜；三是拜年，玩年。

过年，无疑是一年中最重要的节日，人不分贫富，家无论大小，年前的忙碌都是一样的，一般从腊月中旬开始，一直要忙到除夕夜。忙的内容很多，腌鱼肉、炸圆子、置新衣，打扬尘、做清洁，贴对联、买鞭炮等。

食品中准备最足的是经过腌制的腊货和各种圆子。腊货主要是猪肉，还有腊鸡、腊鱼（烘鱼）、腊鸭等，一般在农历腊月间制作，因而叫“腊肉”。武汉民间讲究在冬至过后才开始腌制，不用烟熏，用盐等作料腌制一段时间后，还要在阳光下晾晒。腊肉不仅具有防腐性，保存时间长，且色泽亮丽，别有风味。用腊肉、腊骨头熬汤，味道醇香，汤酽肉鲜，武汉素有“一家熬腊肉，百家香闻够”的话语。

二十七，洗管笔；，二十八，洗邋遢；二十九，家家有；三十夜，莲花谢。

选自朱介凡《中国儿歌》第212页。这里的洗管笔，朱介凡原注：笔：喻妇人之缠脚。邋遢：方言音lā tā，肮脏，不整洁，此处指沐浴洗澡，洗去身上污渍。“洗年澡”有条件的都要去浴池里好好泡上一泡，老汉口有名的浴池很多，如“东华园”“长胜池”等。最后的莲花谢，比喻旧的一年过去了，新的一年到来了，“莲”与“年”，武汉话同音。

陈佩璋《武汉旧时的拜年谣》（原载《江汉乐府》）中辑录的歌谣描述详细一些：

二十一，买支笔；二十二，写对子；二十三，做鱼汆；二十四，又打扬尘又做事；二十五，打豆腐；二十六，插红烛；二十七，事办毕；二十八，把鸡杀；二十九，样样有；三十到，不睡觉；初一早，年拜了。

鱼汆：指鱼圆子。吃鱼不见鱼，是武汉、湖北人的智慧，也是过年的必备。叶调元《汉口竹枝词》提到："三天过早异平常，一顿狼餐饭可忘。切面豆丝干线粉，鱼氽圆子滚鸡汤。"氽：上"入"，下"水"，合起来表示把东西放入沸水中，这是一种烹调方法。

年夜饭既是团年饭，也是一年中最重要、最丰盛的一顿饭，这顿饭吃好了，则新的一年万事胜意，发达兴旺。厨房里，蒸、煮、炒、烧、炸、煨、煎、炖等，样样俱全；餐桌上，鱼糕、肉糕、鱼圆、肉圆、藕圆、藕夹、鸡汤、八宝饭等，应有尽有，一般都是 16 或者 18 这样的吉利数字。饭前要祭祖，醮饭，不能回来的亲人要准备他的筷子碗。中间有碗汤，这叫"聚宝盆"；有全鱼（听话鱼），只能看不能吃，这叫"年年有余"；有豆腐，这叫"都富"，还有"什样菜"用笋丝、千张丝、粉丝、红白萝卜丝、藕丝、黄花、木耳、香茹、芹菜等一起炒成，这叫"福禄寿喜、十美十全"；碗中要剩饭，这叫"有吃有剩"。总之，讲究很多，也很有趣。

年饭毕，开门放鞭，鞭越大越长越响越好，越吉利。彻夜不能断香，房间不能熄灯，老少人等要守岁，一家人围着火炉喝茶吃瓜子，畅谈来年。初一开门叫"出方"或者"出行"，要按照黄历上记载的喜神方位焚香燃鞭，祷告祭拜，有的还安排一小男孩抱柴入门，大呼"财来了"。接下来的拜年程序也有很多名堂，初一是父族，初二是母族，初三是妻族，初四才轮到一般亲戚。

下面是几首拜年的童谣：

初一早，年拜了，腰一弯，手一䩮，糖果饼子拿得我，我不要，往我荷包里倒；我不接，往我荷包里塞。

拜年是人们辞旧迎新、相互表达美好祝愿的一种方式。有同辈间相互祝拜的，也有卑幼者以叩头作揖之礼和吉祥语向长辈祝颂新年的，长辈则以点心、糖食、红包（压岁钱）分送。如果亲戚六眷多，长辈多，要拜好多家，需一家一家地跑，武汉俗呼“拜跑年”。有的小孩急切想早点完成任务，当主家叫他吃点心、吃面时，他就赶忙说：“存倒、存倒。”随后，便想掉头离去，这时，主家会将糖果饼子之类的硬往他荷包里“统”（装、塞）。䩮：方言音 tuǒ，垂，东西一头向下。“䩮”同“䩬”。荷包：衣服口袋，也叫衣兜。

财门，财门，打开，打开；拜年，拜年，拿钱，拿钱；恭喜，恭喜，发财，发财！

拿钱：给压岁钱。压岁钱是过阴历年时长辈给小孩儿的钱，据说“岁”与“祟”谐音，压岁钱可以压住邪祟。此俗至今仍盛行。

“拣初一的话说”，这是一句老武汉话，意思是过年要讲吉利，讲喜庆，拣最好的话说，最流行的就是相互“恭喜发财”。睡觉称为“挖窖”，去挖金窖，挖银窖。三天内不倒垃圾，扫地从外向里扫，这叫“财不外泄”。各家各户，开门关门，谓之“开财门，关财门”，

拜年

客人上门拜年敲门，先要高喊“开财门啰”！

拜年拜年，糍粑上前；板凳坐坐，瓜子嗑嗑；多拜多拜，多吃两块。

归元寺，正月初五拜财神

选自桂琴甫手写稿《新洲县古今民间歌谣》第169页。糍粑：用糯米蒸熟捣烂后所制成的一种食品，湖北地区常在春节前制作，至今农村还有腊月间“搋（cuāi）糍粑”之习俗。糍粑、荷包蛋、肉汤、各种圆子等是春节期间最普遍的待客饮食。

拜年拜年，髁膝头朝前；屁股一翘，又是一年。拜年拜年，双手朝前，不要你的枯黄豆，只要你的压岁钱。

儿时习唱。髁膝头：武汉方言，指膝盖。下跪时膝盖自然朝前。髁：方言音 ké。《广韵》：膝骨。一翘：磕头时屁股要翘起来。枯：

形容食品焦枯、松脆，如枯麻花、枯黄豆。关于拜年磕头，叶调元《汉口竹枝词》有描写：“主客相逢吉语多，登堂无奈磕头何。殷勤留坐端元宝，九碟寒肴一暖锅。”

采莲船

除了人们间的互相祝拜以外，武汉民间极重正月初五拜财神，据说这一天是财神爷巡游民间送福送财的日子。是时，归元寺这样的著名庙宇，前来给财神爷上香祭拜的市民高达数十万，有人为了抢“头香”，彻夜等候。现在，此风有越演越烈之势。有人叹道：“三十万人拜财神，一个泥塑怎分身。任你额头磕出血，赵公不赏半分文。”

逛庙会

“元宵争看采莲船，宝马香车拾坠钿；风雨夜深人散尽，孤灯犹唤卖汤圆。”宋人姜白石的诗。过年不仅有好吃的，还有更多好玩的，什么逛庙会、舞龙灯、玩舞狮子、蚌壳精、踩高跷、看花灯、采莲船之类的，数不胜数，人们一直要闹到正月十五才算完。

过年，对于孩童是狂欢，对于大人是劳累，对于穷困的当家人，则是无奈。

年来了，是冤家，儿要帽，女要花，媳妇要勒子走人家；婆婆要糯米做糍粑；爹爹要肉敬菩萨；一屋大小都吃他。

选自朱天民《各省童谣集（第一集）》第77页。

有钱无钱，回家过年，过一年长一岁，不管日子过得怎么样，过年总归是一种幸福。

客来了

北宋文人赵令畤的集子《侯鲭录》（《唐宋笔记史料丛刊》，中华书局，2002年9月版）主要记录历代诗文琐事、名物考据辩证等，其中“卷第六”中有这样一段文字：“南京人家掘得一石，上有字可考，云：‘猪拾柴，狗烧火，野狐扫地请客坐。’不知是何等语也，殆非人间情状。殊可惧。”

这里的南京，指北宋陪都应天府，即今河南商丘。人们对石碑上的“猪拾柴，狗烧火”之类的文字感到非常奇怪，不知所语何事，觉得描述的完全不是人间情状，十分诡异恐怖。其实，这上面记载的是民间流传的童谣儿歌，对下层百姓来说，是再普通不过的东西了。可惜旧时文人对此“小儿科”的东西重视不够，把民间童谣看成是上不得厅堂的另类，不入流的瞎话，采取不过问，不理睬的态度，以致木然不知，百无了解，至于历代典籍上就更少有辑录和评说了。

赵令畤生于公元 1051 年，其生活年代距今近千年，也就是说，“猪拾柴，狗烧火”这类童谣儿歌的问世，至少有 1000 年了。

19 世纪末至 20 世纪初的思想启蒙运动的出现，给中国传统民间歌谣的收集、整理、研究工作打开了大门，开创了新的天地，使其成为“五四新文化运动”的重要成果之一。所幸民间口传，绵绵不绝；所幸这些几乎绝唱的民间文化珍品，终于有机会被人记录成文字，登载在书本上了。

朱介凡，我国著名民间文艺学家，谣歌谚语学家。1912 年 9 月 28 日出生于武昌，从小受母亲教育启蒙，学会了许多武汉童谣儿歌， 1948 年移居台湾。朱先生致力于中国民俗文化，尤其是谚语、歌谣等方面的研究，堪称大家。1977 年 12 月，他编著的《中国儿歌》在台湾出版，本书一共收录了中国各省儿歌 1501 首，其中湖北 125 首，大部分为武汉儿歌，很多是朱先生幼时习唱的记录。

《中国儿歌》第 155 页上有这样一首：

金银花，十二朵，大姨妈，来接我，猪拿柴，狗烧火，猫儿煮饭笑死我。

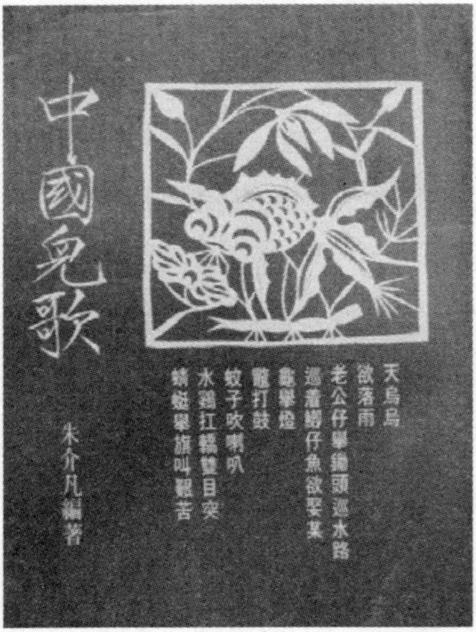

朱介凡《中国儿歌》封面（台湾台北纯文学出版社，1977 年 12 月版）

此系一首武昌童谣，篇幅不长，读起来却洋溢着温暖和亲情。朱先生幼年的时候经常念唱，以致经年难以忘却。其自注曰：“所涌起的欢乐情味，老年思之，犹如昨日。孩子在这世界里，只觉其太和谐，太美好，太喜悦了。”

更让我们关注的是“猪拿柴，狗烧火”的句子，这和 1000 年前的赵令畤记载的“猪拾柴，狗烧火”几乎完全相同，我们没有理由不说，这是民间传承千年的真实记载和反映。

这类趣味盎然的“客来了、动物待客”的童谣在我国流传甚广，比如 1923 年 1 月 28 日出刊的《歌谣》第 1 卷第 7 号上载有山西童谣：“狼打柴，狗烧火，猫儿上炕捏窝窝，捏下三个好窝窝，我一个，你一个，该咱放羊老儿丢一个。”

朱介凡先生多年来，收集到的南北各地类似“客来了”的歌谣多达 29 首，并在其著作《中国歌谣论》第五章“儿歌”篇中，以这类题材为例，着重论证了“儿歌源流之久长”以及流变、传承等问题，这根断弦又被朱先生重新连接起来。

武昌有，汉阳也有，《蔡甸民间歌谣集成》（武汉市蔡甸区文化馆编，1998年内部刊行，第183页）就登载董明霞搜集的另一首《客来了》：

牛来了，马来了，张家的姑娘回来了。鸡打鼓，鸭打锣，鸦雀忙唱迎接歌；猪拾柴，狗烧火，猫子捞饭烫了脚；牛坐席，马陪客，鹅娃端茶打得得。

捞饭：沥饭，大米煮到表面发软时，将米饭与米汤分离，谓之沥饭。沥出的饭还要用火蒸熟或者汽熟，沥出的米汤可煮锅巴粥，这是湖北农村常见的一种煮饭方法，至今尚存。沥：方言音lí，一作“漓饭”。打得得：方言，形容走不稳，一走一颤。鹅娃：小鹅仔仔。

为了迎接张家的姑娘回到娘家来，这里面出场的动物就更多了，有耕地的牛、拉辕的马、岸上的鸡子、水里的鸭子、天上的鸦雀、圈里的猪、门前的狗、四处乱窜的猫子，还有一走一颤的小鹅仔仔。它们各自忙个不停，却又分工明确，配合默契，井然而有序，有打鼓的、打锣的、唱歌的；有拾柴的、烧火的、捞饭的；还有端茶的、坐席的、陪客的。好一幅生动的画面，好一处动人的场景。这哪是动物世界，分明是人间温情。

汉阳有，新洲也有：

天上星，亮晶晶，杨树杪，锯胡琴，胡琴破，十二个。鸦雀挑水往桥上过，嘿吹呀吹压不过；猪捡柴，狗烧火，猫子沥饭笑死我；牛坐席，马陪客，驴子掇菜跑不得；鸡洗碗，啄破盆，老鼠关门笑死人。

选自桂琴甫手写稿《新洲县古今民间歌谣》第174页，原注1957年搜集，略有改动。桂琴甫原系武汉市新洲县涨渡湖中学的老师，多年来致力于民间歌谣、民间故事的收集整理研究，本资料系桂先生1986年的手写稿，上载有桂先生从20世纪50年代至80年代搜集的新洲民歌300余首，新洲童谣50余首，未出版。

树杪：即树梢。锯：方言音gè，来回拉，原写作“割”，王群生先生考证为“格”字。嘿吹呀吹：象声词，挑担子时发出的声音。掇菜：用双手平举着拿，也用于一般的“端”。

一篇妙趣横生的童话故事，用童谣常见的“三、七”句式表现，先后出现了“鸦雀、猪，狗、猫子、牛、马、驴子、鸡、老鼠”等九种动物。这些孩子们熟识的动物各自扮演不同的角色，在那里劳动做事，一个个手忙脚乱，却又一本正经，煞有其事，实实令人好笑。

这三首疑似传唱了千年的武汉童谣，语言生动，妙趣横生，口口相传，源远流长，我们是不是有责任让它们继续流传下去呢？

一家煨汤十家香

最能代表武汉世俗文化的特色饮食是什么？答案是煨汤。武汉最具有人情味的饮食是什么？答案是煨汤。最容易勾起外地武汉人乡愁的饮食是什么？答案还是煨汤。毫不夸张地说，煨汤已经深入到武汉人的骨髓之中。

武汉是古代荆楚的一部分，其煨汤的历史可谓是源远流长，《史记·货殖列传》中说：“楚越之地，地广人稀，饭稻羹鱼。”羹：最早指带汁的肉，这里面的“羹”，已经是“汤”的意思了。饭稻羹鱼：用稻米做饭，用鲜鱼炖汤。古人说的羹匙，就是现在的汤匙，武汉人叫汤瓢、瓢羹。

“无汤不成席”，市井百姓的口头禅，老武汉不成文的规矩。客来了，一桌菜再丰盛，没有汤，不算完美的待客之道。而且，还要另外添一碗专门给客人单独吃，这才算是礼性到堂。尽管现在物资条件好了，还有不少家庭存留着这种习俗。

对于煨汤喝汤，武汉人似乎有瘾，尤其是物资匮乏、生活艰辛的年代，能够有碗汤喝，简直就是最高荣誉的享受。把个十天半个月不喝汤，一些人便像掉了魂似地，提不起精神来，肚子里没有油水，心里　得很，总欠有碗汤喝。所以旧时人家，即便家里生活再困难，至少每个月也要想办法煨回汤。穷人家煨汤，“斤半肉，桶半水”，没有办法。如果有人说他家里半年没有煨汤，则表示穷困到了极点。

于是，喝汤就成了一家人的节日，下面的歌谣记录了当年的温馨和欢欣：

排子骨，铞子汤，一家煨汤十家香。爹爹胡子长，爹爹先尝；婆婆指甲尖，婆婆先添；爸爸好大脚，爸爸先喝；姆妈眉毛齐，姆妈先吃；哥哥胯子短，哥哥端碗；我嘴上无毛，围倒桌子跑三跑。

一铞子酽汤，原汁原味，既是待客的佳肴，也是一家人难得的美食。本谣描绘的喝汤场景，上慈下孝，既有相互谦让的关怀和友善，也有其乐融融的喜庆和兴奋。寻常百姓，寻常日子，却显得那么真切动人，那般不寻常。

煨汤的器皿有两种，一种是小瓦罐，也叫鸡婆罐子，最好用农村大灶的余火煨制，汤酽肉烂，醇香味美。喝后粘牙齿，黏嘴唇，绝对是鲜美得难以形容。这种瓦罐容量有限，一般用来待客或者过年。旧时家大口阔，为了保证人人都有一碗汤喝，平常所用都是大铞子。铞子：亦作铫子，整体呈U形，口大有盖，旁边有柄，用一种深灰色的粗砂制成，厚壁内有许多细小气泡，具有容量大、传热均、导热慢、保温好等突出特性，适合于小火煨炖。

陈年瓦罐味，百年铞子汤。常年的煨炖，汤汁和鲜味已经渗入到铞子的砂孔中，人们相信，这样的铞子，即使放清水煮，也会煮出肉味来。居家过日子，邻里间难免借点油盐，借这借那，一般不

煨汤（萧继石绘图）

借铞子。有种说法，不能用铞子煮面，铞子煮面味道鲜美，但面条会把铞子的油水拖走，于是这铞子便“废”了。

老武汉人家家都有铞子，有的还不止一个。旧时讲笑话，说武汉人背着铞子“跑反”，“跑反”就是为了躲避兵难、匪患，老百姓离乡背井，四处逃难，即便是这性命攸关的时刻，人们还要把铞子背在身上，可见其爱之深切。就好像是山西人爱食醋，阎锡山的队伍，打仗都要带着醋，战败了，投降可以，“缴枪不缴醋”。

吃肉不如喝汤，喝汤不如闻香。鄙街陋巷，人口多，房屋挤，煨汤特有的香味会四处飘散，哪家煨汤，那就是小巷的新闻，人们会开玩笑地喊道：“哪家煨汤，闻倒好香，不把我吃，我就要噃！”自家煨汤，街里街坊，关系特别好的，会送一碗给他家。投桃报李，他家煨汤，也会回送，这样不仅增加了喝汤的次数，也平添了邻里间的人情往来。文火煨汤三冬暖，过去，请朋友到家里去喝汤，那可是赚足了面子的事情。

武汉人喜欢煨汤，讲究煨汤，也很会煨汤。煨汤的主料很多，最具代表的是猪排骨，最好是正排，有骨有肉，有吃有喝；其次是脊骨；再次是筒子骨。在肉食严重匮乏的年代，后两者不如正排价值高。

还有蹄髈、猪脚、下水（动物内脏，类似北方的杂碎）、牛羊的各个部位、鸡子、鸭子、鸽子、乌龟、甲鱼，甚至青蛙等。乌龟，因其背上花纹像八卦，俗呼“八卦”，肉叫八卦肉，汤叫八卦汤，据说是很补人的。还有一道煨汤类的美食叫“肠子灌糯米”，把肠子洗净，两头一扎，中间灌糯米，文火慢慢炖，炖的汤又白又稠，放点生姜、胡椒，令人回味。

鸡汤，也是传统汤品中的佳肴。过去武汉小街小巷有喂鸡子的，人们在杀鸡之前往往会念叨下面这些话，带点玩笑性，故戏称为“念咒”：

鸡子鸡子你莫怪，你本是人间一盘菜。今生多把好事做，来生托个人胎来。

选自彭翔华《武汉民间童谣辑注》第 80 页。有人把“人间”改成“我家”，有的还加上姓氏，姓王的就是“王家”，姓李的就是“李家”。

向被宰杀的鸡子表示歉意，实际上是自我调侃，而“多做好事，转投人胎”，可以看成是自我警惕、自我约束，有民俗意义。托胎：亦曰“投生、投胎”。

武汉民间的腊肉汤，特醇极香，别有风味。腊肉容易出油，汤油厚厚一层，温度再高也不冒热气，不知根底，没有经验的人误会汤不烫，如果猛地大口喝进吞下，很容易将喉咙管烫伤。旧时笑话，新女婿在岳家做客，喝了一大口又浓又烫的腊肉汤，顾及颜面，不好意思将汤吐出，以致“腊肉汤，不出气，炟死你个苕女婿”。炟：方言音 tá，烫，一作溚。

煨汤的配菜，武汉话叫“勾头”。“勾”字很有讲究，酿酒有个“勾兑”程序，就是通过调配，让酒达到最佳口味，“勾头”也有这个含义。配菜的种类很丰富，有莲藕、萝卜、海带、冬瓜、山药、瓠子、花生、黄豆、干粉等，讲究不同主料用不同的配菜。比如“干粉煨鸡子”“黄豆炖蹄髈”“鸭子配萝卜”“排骨煨莲藕”等。

排骨煨莲藕，最普遍，也最能体现地方风味。武汉是“百湖之市”，湖泊纵横，市郊的堰塘星罗棋布，盛产莲藕，尤其是蔡甸区，不仅种植数量多，而且品种优良，所产莲藕粉糯软香，营养丰富，曾一度列为朝廷贡品。下面这首“会挖藕”的蔡甸童谣，就是在这样的环境中产生的：

三岁的伢，会挖藕，一挖挖到幺姑的后门口。幺姑爱我的好白藕，我爱幺姑的好白手。

选自北京大学歌谣研究会《歌谣》（1923 年 10 月 21 日，第 1 卷第 29 号第 2 版），汉阳黄朴搜集。

武汉煨汤，全城飘香。百十年来，以汤为业的汤馆很多，特色名店层出不穷，老字号“筱陶袁”恪守“人品重于汤品”的信条，闻名遐迩；还有汪集瓦罐鸡汤、堤角的牛骨头汤、民间瓦缸煨汤等。

煨汤是生活，讲究的是精制细作；煨汤是人文，传递的是文化风情。

六月天气热

六月天气热，扇子借不得，虽然是朋友，你热我也热。有钱买一把，一天扇到黑，无钱看人扇，热得一身汗。

选自彭翔华《大城小巷》第28页。

六月，农历六月，此处泛指夏天。武汉夏天的热是有名的，也是有历史的，早在宋代，陆游在其《入蜀记》中就记载了他路过武昌时难耐暑热的情景，名不虚传的“火炉”热浪滚滚，足以令外地人特别是北方人望而生畏。日本人内田佐和吉写过一本名叫《武汉巷史》的书，里面较为详细地介绍1885—1944年日本租界时期武汉历史文化、生活娱乐等，其中第二章“武汉的气候”有如是骇人的描写：“汉口的夏天很热，落在屋顶上的一只麻雀被瓦片烫死后，掉在地上，猫吃了这只麻雀后，舌头被烫伤了。”

武汉坊间也流传着类似的笑话，说有个武汉人死后在阎王殿被罚下油锅，谁知他却在油锅里面一边玩耍一边嬉闹，好不自在。阎王爷

六月天气热，扇子借不得

大惊，后来一打听，这才晓得武汉的夏天比油锅热多了，久经“烤验”的武汉人是不怕下油锅的。人们笑道：“武汉人死后在阎王老子那里什么刑罚都可能承受，就是不会再下油锅了。”

外来的大学生也被武汉的热度吓懵了，有个女生说去寝室楼顶晒个被子居然晒糊了，有个男生说到外面跑步结果弄个“三级烧伤”，还有甚者：我一出门就被烤糊了。这里面有的是事实，比如被子烧焦，相关专家称很有可能，因为化纤材料遇高温时极易燃烧；有些只是夸张的玩笑话。

夏至入头九，羽扇握在手。
二九一十八，脱冠着罗纱。
三九二十七，出门汗直滴。
四九三十六，卷席露天宿。
五九四十五，炎秋似老虎。
六九五十四，乘凉进庙祠。
七九六十三，床头摸被单。
八九七十二，子夜寻棉被。
九九八十一，开柜拿棉衣。

热天热事，哪兴借扇子！

这是一首“夏至数九歌”，选自《蔡甸民间歌谣集成》第84页，许礼森搜集。“冬至数九歌”在我国流传甚广，“夏至数九歌”则比较少见。明代张岱《夜航船》录有《夏至数九歌》，词句有所不同。

冠：帽子。脱冠：去掉帽子。武汉有“伏天无君子”之说，即便再讲究的人，热起来了，不可能还是衣冠楚楚。脱冠是小动作，不值一提，很多男人早早就打起赤膊来。

武汉的夏天热度高不说，时间还长。即便熬到了立秋，还有“秋老虎”张着血盆大口在那里候着。立秋（8月8日前后）过后，武汉还有半个月到一个月的高温，俗呼“二十四个秋老虎”。这时日射强烈，暑热难当，如猛虎下山，让人继续饱受煎熬。

“大暑小暑，如蒸如煮”。盛夏的武汉人，就像热锅上的蚂蚁，走到哪里，锅里都“炕”人。太阳炙烤大地，连柏油马路都发热发烫，似乎随时都会燃烧起来。街头巷尾到处都是看得见的热气腾腾，难寻一块清凉。密不透风的小巷，持续不断的高温，拧得出水的润湿，经常让人闷得喘不过气来；汗水不停地流着，渗出的黏液、盐渍紧粘着皮肤，“醡”得人十分难受。偶尔吹来一阵凉风，人们马上叹道：真比喝汤还要舒服！

莫见怪，我也来凉快一下！

那时没有空调、电扇，解凉完全靠扇子。扇子最早叫翣（shà），后来叫箑（武汉话读如 sà），叫它扇子是因为它像门扇一样，来回开闭，扇动空气借以降温。用于消暑的扇子种类很多，年纪大的人和小伢们用的是“鹅毛扇”，这种扇子很柔和，不伤人；姑娘伢们喜欢用“团扇”，撒点香水，香风袭人；男青年喜欢用“撒扇”（折扇），时开时合，逍遥自在；坊间最常见的是那种大蒲扇，风大劲足，价廉物美。

人们喜欢扇子，少不了来点装饰。一些小学生总喜欢在大蒲扇上用毛笔写字，然后经烟子熏一熏，再擦去墨迹，扇子上的字就会像印上去一般，煞是好看。还有在自己的折扇上题有“清风一把扇”之类的字句，颇有意境，还有添加流苏、扇坠等。

老武汉扇扇子也有讲究，忌扇“顶门心（武汉话，即头顶前面部分，也叫囟门）”，忌两把扇子左右同时扇，有“乘凉莫扇两把扇，死后变雁踩扁担”之说。

一把扇子就是一个土空调，借什么都可以，唯有扇子不借人。关于拒借扇子的歌谣还有一些，版本亦有不同，以下三首选自彭翔华的《武汉民间童谣辑注》：

扇子扇凉风，骑马到广东；广东走一道，回来睏觉觉。

睏觉觉：睡觉。睏：想睡，睡。

扇子扇凉风，扇夏不扇冬，有人来借扇，待到八月中。

关于夏天借扇的童谣，除了“六月天气热”以外，这首也是比较流行的。言扇子借冬不借夏，八月十五以后，天气转凉，扇子才开不借之禁，这些都表现了武汉的气候特征以及人们的幽默风趣。

扇子扇凉风，时时在手中，谁个来借扇，先问土地公。

土地公即土地神。土能生万物，人非土不立，人们尊土地为社神，古例列为“五祀”之一。土地公虽官卑职小，却佑护一方生灵，与小民百姓最为亲切。既为神，定能预知天气热与不热，要想借扇，先问土地，不热，就借；热，那就借它不成。

另外朱建颂辑注《武汉民间歌谣》第 129 页还有“扇子扇凉风，骑马到广东，有人来问我，我是大相公”的词句。

夏夜，大人们给睡在竹床上的孩子打扇子，轻轻摇，轻轻念，直到孩子进入睡乡，场面十分温馨。

新姑娘，睡竹床

老武汉人应付暑热，除了扇子外，还有竹床这一宝。竹床是普通人家夏天常用的乘凉露宿用具，全竹制品，家家必备，家大口阔者，多至四五张。竹床用久了，经年的汗渍浸透和反复擦拭，渐渐会由绿由黄变成深红色，据说颜色红得越深、越亮，竹床就越冰凉。

所谓“暑天无君子”，老武汉人形容热为“热得人恨不得剐皮”，连皮都舍得剐，还有什么面子和讲究丢不下的呢？乘凉大军几乎囊括了街巷中的所有居住者，男女老少、高低尊卑无一例外地一起高唱着这“竹床壮歌”，演绎着这“乘凉奇观”，包括新婚的新娘子。武汉有首童谣：

新姑娘，睡竹床；竹床高，摁了腰；竹床低，岔了气。

武汉俗呼新娘子或刚结婚不久的女子为“新姑娘”。摁：借字，本字未考，意思是“硌”，身体接触小块硬物而引起的某种感觉，朱建颂认为可以写作“隐”。

武汉的竹床阵不知摆了多少年，人们说，旧时武汉最为精彩的风景不在白天，而在日落之后……

关于竹床，清道光年间叶调元的《汉口竹枝词》中有这样诗句：“后街小巷暑难当，有女开门卧竹床。花梦模糊蝴蝶乱，阮郎误认

竹床小酒老婆伢，除了神仙就是他！

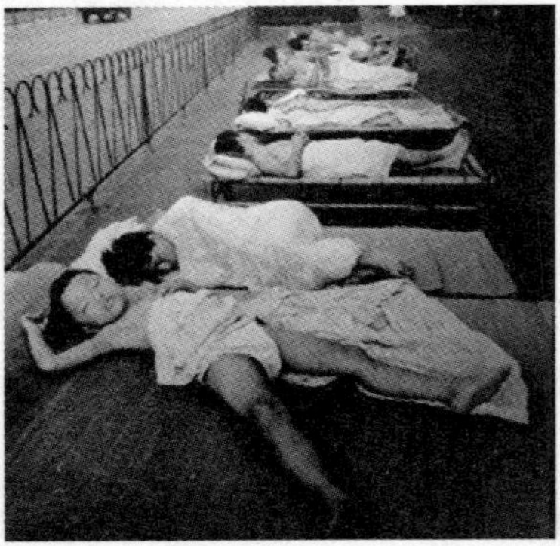

一字长蛇阵，摆到大街上

作刘郎。”不过这错把“阮郎”当“刘郎”的尴尬事儿，纯属文人的游戏之笔。实际上，武汉坊间乘凉是很讲究规矩和自我防范的，正常女子，正常情况，这“误认刘郎”之事，不敢说绝对没有，至少是十年难遇。

民国时期，汉口曾下令禁止露宿，据1917年6月25日《汉口中西报》载:“汉口现时当夏令，天气亢阳，炎热异常，每有男妇当街露宿。但男女混杂不惟有碍风化，抑且有碍卫生，警察局长周君见及于此，刻已传知各警署一体切实严禁。”

对于小门小户来说，习惯成自然，乘凉露宿只是一种生存方式，一种大众认可的民间习俗。事实上，人们的道德节操观念是非常强烈的，根深蒂固的，除了图个凉快以外，并无其他什么想法。这个底线就是竹床阵最起码的保障，也是它存在的社会基础，否则，竹床阵是绝对摆不成的，摆不长的。露宿者嘲弄这些官老爷是“饱汉不知饿汉饥”，吃饱了，胀糊涂了，而那些警察们总不能把人硬往屋里塞，所以靠权势来“禁”肯定是禁不住的。

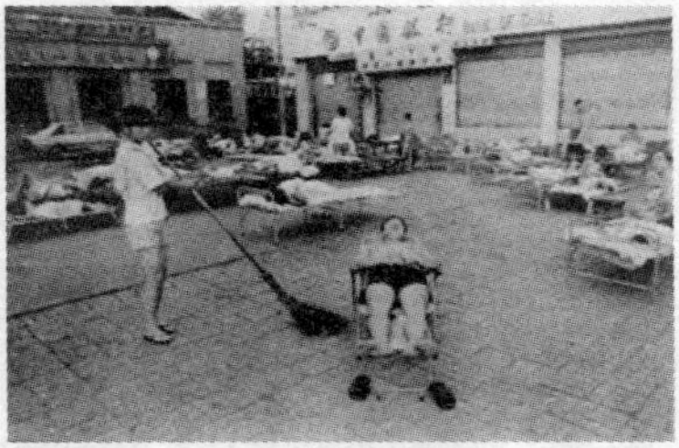
扫地的和睡觉的，上班的和做梦的，是对矛盾

打竹床——已成绝唱的老手艺

竹床大阵最盛时期是新中国成立以后到20世纪80年代中期，那时社会人口增长太快，一家少则三四个，多则七八个孩子。一到黄昏，大街小巷满是呼啦呼啦的人和数不胜数的竹床。路有多长，街有多长，竹床阵就摆多长。有一字长蛇阵，有天女散花阵，有横七竖八阵，有东倒西歪阵。大竹床靠小竹床，低竹床挨高竹床，满打满当的，有时晚上出去办点事，就只能用身体排出障碍，闯五关过六寨，挤进挤出了。最恼火的是骑自行车的人，白天骑车出去，人骑车；煞黑回来，到处是竹床，自行车推都推不进来，只有扛着自行车，弯弯扭扭地回家，车骑人。

多数人家的晚饭是在外面吃的，竹床就是餐桌，一家人一围，其乐融融。有段时间“兴”喝“鲜啤酒”，一毛钱一大杯，有人就早早地提着“炊子壶”去商店买了回来，用水“镇”着，等到晚餐

竹床牌局，玩法不少，有“争上游、打百分、升级、拱猪、捉黑桃k”等，只娱乐，不来钱

享用，这种“水镇啤酒”倒也清凉解暑。而那些老“酒麻木”们则只喝白酒，即使没有什么下酒菜，天气再热，哪怕是劣质的“苕干酒”，每天也要抿它几口。小街小巷里生活不用遮掩，哪家的小日子过得怎么样，一目了然。

整街的人整夜睡在外面，照说相互之间的干扰是蛮大的，外地的人可能不相信，很少人因乘凉而产生磨擦、纠纷。竹床一摆，天黑了，路灯亮了，讲故事的、谈家常的、传新闻的、说时事的、“斗闪法”（开玩笑）的、发牢骚的、听收音机的、哄小伢的、拉胡琴的、吹牛的、哼戏的、打牌的、下棋的，一一展现，各得其所，也各得其乐。

街头巷尾摆竹床，男女老少夜乘凉。坦胸露腹无邪念，一把蒲扇入梦乡。

左邻右舍，相安无事，坦胸露腹，邪念并无，究其原因：一是当时社会风气和政策导向不同，生活“作风”是大问题，稍有不慎就会身败名裂，人们不敢轻易闯红灯；二是街里街坊的，也藏不住什么秘密，钉大点事，“小脚侦缉队”们都会把它查个一清二楚。如此这般，即使个别人有想法，也只敢想，不敢干了。

生意火红的竹床餐厅

改革开放初期，政策活泛起来，允许私营经济，武汉人将竹床文化推向了极致，除了乘凉露宿以外，还有一些新的创造。如竹床餐厅，在迎风的街头，搭起炉灶，摆几张竹床，供应菜蔬、鱼肉、蝌蚂（青蛙）等，还有啤酒、果酒、靠杯酒，亲朋好友乘凉带聚会，生意蛮火热的。又如竹床棋摊，三五张竹床，摆七八副棋局，供爱好者鏖战，乘凉下棋两不误，不过，要掏点小钱，一毛钱一盘，由对阵的输家出。至于赢家，主要是过个瘾，不图赢钱，棋摊老板弄得好，一天可搞十元钱。武汉人把摆地摊叫“挖地脑壳”，还有人摆张竹床，弄点小商品，凭着竹床柜台，做起小生意来。

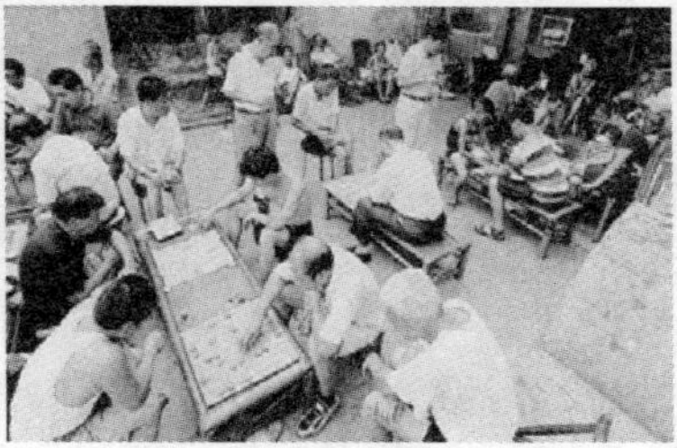

竹床棋摊

随着电扇和空调进入寻常人家，至 20 世纪 80 年代末到 90 年代初，竹床阵在武汉基本消失了，偶见零星，也溃不成阵了。

一个伢的妈，真垃圾

一个伢的妈，好拉瓜，洗脚的水，调粑粑，身上的屹蚤搓麻花。

选自朱天民《各省童谣集（第一集）》第 81 页，题为“不清洁的女子”，这本书出版于 1923 年，将近 100 年了。这首童谣至今还在武汉小街小巷传唱，只不过句子略有改动：“一个伢的妈，真垃圾，洗脚的水搨粑粑，身上的圪渍搓麻花，围桶里面摅糍粑。”最后一作“围桶盖子敬菩萨”。朱介凡《中国儿歌》302 页亦有载录。

拉瓜：今作垃圾，方言音 lā guā，肮脏，不讲卫生。屹蚤：此处似为“圪渍”所误。圪渍：指长期不洗不擦，身上留下的汗渍、油迹、污垢、分泌物等混合体。圪渍很脏，有异味。《中国儿歌》作“垢浃”。

武汉歌谣中有不少戏谑谣，有人认为格调不高、意识低下、不健康、不文明等，这不能一概而论。我们的老祖宗说“善戏谑兮，不为虐兮”（见《诗·卫风·淇奥》），戏谑只要控制在一定的范围内，便是高境界。

朱介凡先生说：“嘲谑调笑，自古以来，就是生活的趣味，也是心理积郁懊恨，一种情绪的转移和发泄。相互间嘲笑，以及对自身的嘲笑。大人如是，小孩也如是。”这段话可供我们在接触这类谣歌时参考。

这类轻松搞笑的歌谣分为两大类，一是讽喻谣。通过对人物，对一些现象的讽刺、挖苦来制造娱乐点，进行批说，比如对“尖嘴佬、垃圾女人、冬烘先生、小气鬼、逃学佬、三只手、败家子”等，其夸张性的描述和斥责，真让人忍俊不禁，开怀大笑。这首“一个伢的妈，真垃圾”就属于这类歌谣。朱天民先生早在1923年就将这首被人视作粗俗的武汉童谣整理成文，变成铅字，告知世人，应该说是有见识的。

这首“好哭佬”，稍有点年纪的武汉人恐怕小时候都唱过：

好哭佬，卖灯草，丢到河里狗子咬。狗子狗子你莫咬，他是我屋里的好哭佬。

好哭佬，武汉指爱哭的小孩。再如这首“尖嘴佬”：

尖嘴佬，卖灯草，卖到河边狗子咬。回到家，鸡也啄，狗也抓，与爹说，爹说没咬好，与妈说，妈说还要咬——看你哪里跑！

选自北京大学歌谣研究会《歌谣》（1923年10月21日，第1卷第29号第2版），黄绍谷搜集。黎锦晖、吴启瑞、李实搜编《中国廿省儿歌集（第五集）》第12页中也有这首童谣，文字基本相同，另，朱介凡《中国儿歌》149页亦有载录，注明是武昌童谣。

尖嘴佬指爱扯闲话、搬弄是非，喜欢背后对别人说三道四的人。这种人是惹祸的根苗，令人生厌，遭人鄙视。作为畜生的鸡子、狗子都不喜欢他，就连父母这样最亲近的人也要拿起棍子将他往外撵，真可谓人见人恨，狗见狗咬。

一个伢的妈，悭又悭，一块豆腐嚥三天。伢，伢，细点嚥，豆腐便宜要油盐。

儿时习唱。悭：方言音 jiān，小气，吝啬。嚥三天：嚥，方言音 yàn，以有滋味的菜蔬佐食。一块豆腐，作为三天的下饭菜，真可谓“悭又悭”。伢：此处为长辈对晚辈的昵称。细：俭省，节约。

第二类是嘲弄谣。以讥笑他人的缺陷和不足为乐，比如嘲弄“乡里伢、大头、矮子、瘌痢、胖子、驼子”等，热嘲多于冷讽，格调比较低下。虽如此，但就其本身而言，并无太多太大的恶意，多数只是借用一些笑料来填充嬉闹的环境，改善一下心情。各地此类童谣甚多，不唯武汉独有，因而要具体分析，不宜一概摈弃。

胖子胖，打麻将，该我的钱，不还账，左一棒，右一棒，打得胖子不敢訾。

该钱：武汉方言，欠账。还账：还钱。不敢訾：此处指不敢顶嘴，不敢强辩，武汉有“犟嘴”一词。犟：方言音 jiàng，言语强硬。《集韵》：“犟，巨两切，词不屈也。”此处不应写作“犟”。

率真是儿童的天性，明代吕近溪《小儿语》（并序）言：“如其鄙俚，使童子乐闻而易晓焉”，“若规若刺，若讽若嘲，冲口而出，自然成音，小儿闻之，果小儿语也”。总体看来，武汉这些滑稽类童谣，反映了世态的轻松性，体现了民俗的自娱性，且把握在讽而不怨、笑而不恼、谐而不怒的范围之中。

这种民间式的幽默，在武汉歌谣中俯拾皆是。武汉人把“幽默”叫做“滑稽”，潘占奎先生的单口相声风趣幽默，民间叫做“打滑稽”。潘占奎，武汉著名相声表演艺术家，有“马路笑匠”“南方笑话公司经理”等雅称，其开创了用方言表演，具有武汉本土特色的单口相声之艺术形式，他的许多段子里面有不少有趣的童谣：

赵钱孙李，先生冇得米；周吴郑王，先生冇得床，冯陈褚卫，先生冇得被；蒋沈韩杨，先生冇得师娘。

另外何祚欢先生也转述了一首：

一去二三里，韭菜炒虾米；烟村四五家，肥肉烧冬瓜；亭台六七座，排骨架刀剁；八九十枝花，猪油炕豆渣。

《一去二三里》又名《山村咏怀》，是一首古代童谣，宋代邵康节（邵雍）所作，旧时作为蒙学诗歌多被塾师选入教材。原诗为“一去二三里，烟村四五家，亭台六七座，八九十枝花”。潘先生将其扩容，用四道菜来对应，表达了学生在枯燥学习中的风趣幽默。

架：方言音 gà，用，介词。炕：一种烹饪方法，小火翻炒，类似于“煸”。不用油的叫“干炕”，武汉话有“干炕”一词，实际是“干抗”，意思是“硬撑”。

有人说童谣是儿童的“语言游戏”，即把语言当作游戏的对象，用声音来玩游戏，它强调的是语言活动本身意义，从这点上看，也许会体验到传唱这首童谣的孩子当时的那种愉悦感和兴奋感。

幽默是一种艺术，也是生活的润滑剂，苏东坡善嘲人，更善嘲己，他的嘲，实际是放松，是智慧，是高明。

积积攒，积积攒，攒的钱，买把伞，遇到一阵狂风，只剩一根光杆，不怕，不怕，还有一个伞把。

可以把它看作是一首自嘲歌，反映了人生的一种平和、淡定的心态。积积攒攒一把伞，狂风一吹剩光杆，却道“不怕，不怕，还有一个伞把”。有耕耘未必有收获，人生不如意者十之八九，生活中少不了随遇而安，少不了心理慰藉，即便是“阿Q心理”，有时也是治病的良药。

油子哥哥

向前走，向前走，走到个大门口，摔了个大跟头。起来摸摸头，鲜血往下流，清爽的油子头，搞得个泥巴流。向前走，向前走，哥哥的油子头，搞得个泥巴流。

这首流传于20世纪六七十年代的武汉童谣，借用《红色娘子军连歌》曲调，用来嘲讽那些“油子哥哥”和他们的“油子头”。

清爽：“文革”期间，这个词在武汉一些青年中十分流行，特指人干净、漂亮、好看、姿容美，也可用来形容行为、事情。泥巴流：这个“流”字，是武汉方言特有的一种词语后缀，表示情状的补充或程度的强调等，有时也带点调侃的意味，如普通话“很困”，武汉人就说“瞌睡流了的”；“很客气”，就说“客气流了的”；“泥巴流”，即到处是泥巴，泥巴很显眼，这是一种讥讽说法。

油子：武汉话的本义是浮滑、轻佻。油子哥哥：主要指一些整日无所事事，而又喜欢招摇过市，拉帮结伙，有时还违法乱纪的男性青年。这是一种社会现象，出现在20世纪50年代到80年代中期的武汉。这些人看起来比较另类，特别招人侧目。那时候，社会风气注重朴素简单，人们以艰苦为荣，这里面有政治因素，也有经济上的原因，商品不够发达，供应紧张，生活条件较差，最多只能笑破不笑补，当然无条件讲求时尚。油子哥哥最明显的特点是衣着鲜亮，讲究打扮，其代表为“考版裤”和“花衬衣”，被人斥为资产阶级的“奇装异服”。考版：是英语 cowsoy（牧人）的音译，现在叫“牛仔裤”。油子头：泛指那些经过吹风、擦油等打理而特别有型的各种发式，如飞机头、包菜头等。

“文革”初期，曾有红卫兵在大街上，有组织地针对这些现象采取过“革命行动”，将那些考版裤剪碎，飞机头推平，还有“人字型”海绵拖鞋，鞋绊被人扯断弄毁。据称这种样式的拖鞋是从日本传过来的，穿上它，就有媚日当汉奸之嫌。甚至，女孩子的辫子样式稍微复杂一点，也会被人剪毁。

武汉的“油子”不像东京的“泼皮”、津门的“混混”、北京的“青皮”，倒有点象上海的“阿飞”。“飞”源于英语 Fly，乃苍蝇之意。“阿飞”在美式英语中特指城市流氓。《现代汉语词典》关于“阿飞”一词解释如下：指身着奇装异服、举动轻狂的青少年流氓。

油子哥哥经常成群结队地出现在武汉的闹市区，如汉口的六渡桥、武胜路，汉阳的钟家村，武昌的司门口等。如果仅仅是追求时尚，倒也无可厚非，关键是他们聚在一起，总会惹出一些不好的事情来。武汉有江有湖，江湖气息浓，人们豪爽热情讲义气，码头文化影响深远，街头巷尾不难寻觅江湖的踪影。因此，社会上传统消极元素很容易找到延续的市场。有些人按地域组成了一些松散的团伙，如“集稼嘴的、三阳路的、老圃的”等，有帮有派有靠山的，就被称作是“外头玩的”。

这些人喜欢称兄道弟，玩哥们义气，只讲感情，不讲原则；喜欢拉帮结伙，以势欺人；喜欢斗狠，要味，掐着人玩；喜欢无事生非，打群架；喜欢沾花惹草，撩姑娘伢。于是这一伙，那一帮，时常邀约打架斗殴，用拳头、棍棒说话，以刀子、砖头讲理，凭武力解决矛盾冲突，以致血流不断，严重影响社会治安。

还有一个特点，就是说话爱“丢橘子”，他们口中的一些特有词汇，只在圈子内面流传。比如女青年叫“枪”，男青年叫“杆”，长得漂亮叫“姐”，身材叫“条子”，长相叫“脉子”，衣服叫“叶子”，找女朋友叫“掬枪”，偷钱包叫“杀皮子”，小偷叫“窖板”，掌管小偷的人叫“掌窖的”。“邀几个人打他一顿”就说“浩几管堂把他敲一顿”，还有“拐子、攮子、舀子、吹灯、封喉、瘫条”之类的江湖老话。

“丢橘子”在武汉是有历史渊源的，叶调元的《汉口竹枝词》中就有“局中明白旁人昧，说话由来橘子多”的描写。“橘子”之“橘”传由“谲”演变而来。“橘子话”指不为外人所知的行话，又称“暗码子”，是武汉商埠文化、码头文化的一个侧面。

20世纪80年代初，又有新谣说唱这些油子哥哥的，可以看做是武汉社会生活一个侧面：

油子哥哥笑，六渡桥报到。骑的是小跑车，框的是蝌蚂镜，拎的是小三洋，听的是邓丽君，剃的是螺旋头，穿的是喇叭裤，喝的是“幺三五”，跳的是摇摆舞。

小黄鹤楼酒

六渡桥位于汉口中山大道中段与三民路汇合的中心地带，因历史悠久，商业茂盛，热闹非凡，而在一段时期内，几乎成为老汉口的代名词。这地方也是汉口油子哥哥们的主要聚集点之一。

蝌蚂镜，又叫蛤蟆镜。墨镜的一种样式，大镜片，浅颜色，20 世纪 80 年代初在武汉时髦男女中风靡一时，当时的蛤蟆镜大多系海外舶来品，包括镜片上的商标，都是持有者的一种炫耀，因此很多人戴墨镜是不扯商标的。框：戴。拎：提。

小三洋是一种单卡小型录放机，由日本三洋电器集团出品，是最早在国内出现的日牌录放机，当时几乎成了录放机的代名词。因外形像块黑砖，武汉人也有戏称其为“砖头”。

邓丽君是在亚洲，在全球华人社会中影响力巨大的台湾歌手，并赢得了“有中国人的地方，就有邓丽君的歌声”之美誉，同时也是最早让大陆人熟悉并喜爱，甚至迷恋的一代歌后。邓丽君的歌声倾倒和影响过大陆无数听众，至今余音未绝。

螺旋头：一种男士发型，整体向上旋转，像一个倒扣的大螺蛳，也叫“螺蛳头”。喇叭裤：因裤腿形状似喇叭而得名，有些裤脚宽达一尺多，像扫帚在扫地。摇摆舞：一种快节奏交谊舞，自娱性很强，没有严格的动作规范，在时尚青年中很流行。

幺三五：特指黄鹤楼牌白酒，武汉人叫“小黄鹤楼”，当时售价为一块三毛五分，人们戏称“幺三五”。幺：一。

武汉还有“水油子、土油子、水货油子”等词汇，有“穿得像油子，冻得像猴子”等谐语。当华侨成了时尚打扮的代名词时，有人又把油子哥哥叫做“业余华侨”。

20 世纪 80 年代，有首流行歌曲叫《光荣属于八十年代的新一辈》。社会环境改变了，生存竞争加剧了，追求时髦也不再是什么新鲜事了，这时候的年青人，大多数则把更多的精力放在了追求理想、实现价值、刻苦学习、努力工作上。因此，从 20 世纪 80 年代中期开始，油子哥哥现象逐渐淡出了武汉人的视野。

嫁人就嫁这样的人

一房家具带沙发，二老倒贴带引伢，三转一响带咔嚓，四季衣服带快巴，五官端正带块头大，六亲做官带南下，七十块钱带附加，八面玲珑带会说话，九(酒)烟不沾带不喝茶，十分听话带蛮会做家。

选自彭翔华《大城小巷》第145～147页。这是流传于改革开放之初，即20世纪70年代末至80年代初的一首歌谣，讲的是武汉一些年轻女性的择偶标准，很有时代特色和地方风情，曾在武汉三镇的大街小巷广为流传。

一房家具带沙发：家具要全套，那是必须的。居家常用的穿衣柜、五屉柜、桌凳茶几等加起来，最少“三十六条腿”，最好“四十八条腿”。当年，凭结婚证可以领到一份家具票，但只能挑选着买几件，买全是不可能的。至于沙发，对普通家庭来说还是稀罕物。没有地方卖，就只有做，那时木匠这个行当很受欢迎，有职业的，也有业余的，继“打家具风”之后，武汉又撩起了一阵“做沙发风”。有些小年青聪明，手艺学得快，结婚以后还搞起了第二职业，业余时间帮别人打点家具，撮点短水，弄得好一个月还可以搞它几张“麻脑壳”。

二老倒贴带引伢：男方二老要健在，一个都不能少，而且还要是个“三好生”。哪三好？一是身体好，无病无灾，生龙活虎，帮得上忙，做得动事；二是经济条件好，最好爹爹是八级工，婆婆还在上班“拿补差”，家中老底子厚，箱子里有硬货，银行里有存款；三是思想好，不仅要把得了，还要舍得把，这就是所谓的“倒贴”，无私奉献再加全心全意。

三转一响带咔嚓：“三转”：手表的指针转，自行车的轮子转，缝纫机的皮带转。“一响”：指收音机。“咔嚓”：指照相机，快

老海鸥牌 4B 型照相机

部队流出的自行车票

门一按，咔嚓一声。这些不属于奢侈品，但那时绝对是高档货，随便一项就得一个人好几个月、甚至大半年的工资，比如海鸥牌 DF 相机，1982 年售价是 453 元，相当于一个二级工一年的工资。钱攒够了，票也难弄，这票还不同于人人有份的粮票布票，它很稀缺也很神秘，不知从何而来，流向何处？社会上也有倒票的，一张自行车票，黑市价 80 ～ 100 元。“走后门”一词是那时候兴起的，主要指买东西，并无更多的腐败。能够把这五样都搞全的人家很少，按实用价值和需求程度，依次为手表、自行车、缝纫机、收音机、照相机。

四季衣服带快巴：一年四季，有几样是不能少的，冬天的呢子，夏天的绸缎，春秋的羊毛衫，其余则多多益善。一种名叫“的确良”的涤纶织物统治过我们。这种化纤产品很轻很薄，挺刮滑爽，色泽鲜亮，洗后免烫，还干得快；缺点是透气性差、易产生静电，穿在身上并不舒服，远不及现在纯天然棉织品，但那时最受欢迎，最为时髦。涤纶与人造毛混纺的织物就叫“快巴的确良”，简称“快巴”，据说小日本产的质量最好。买不起正宗羊毛衫，就用假开士米，膨体纱、氯纶毛线替代，还流行什么“元宝针、麦穗针、阿尔巴尼亚针”，猛地一看，非常清爽，无人去窥探真与假。

五官端正带块头大：块头：武汉话指个子身材。不但要面相英俊，还要高大魁梧，男子汉味道浓。个子太小人太矮，不行；高大威猛，歪鼻子斜眼睛，也不行。要求很全面，就是太难寻。

六亲做官带南下：六亲指亲戚六眷；六亲当干部，里面还要有“南下干部”。北方先于南方解放，曾有大量的北方干部来武汉工作，人们习惯上称他们为“南下干部”。这以前，姑娘们谈婚论嫁，政治因素为首选，找对象要找解放军、产业工人、成分好的、模范人物、党员干部等，此处只要求亲戚中有当官的，至于本人的状况则未提及，政治条件明显有所松动。

七十块钱带附加：居家过日子，工资收入不能要提。当年实行低工资政策，一个六级工才能拿70块钱。升工资基本上是论资排辈，不到40出头恐怕达不到六级。“附加工资”：又称津贴，是补偿性和鼓励性工资，没有统一规定，各行业有所不同。年纪轻者工资低，工资高者年纪大，好事占全，事事如意，难度不小。

八面玲珑带会说话：用武汉话说，就是人很“活泛”，混得很“圆泛”。这条标准不高，符合者大有人在，只是一个人太过圆滑不一定是好事。

酒（九）烟不沾带不喝茶：和其他条件相比，这个条件是最低的，是最有可能办到的。

十分听话带蛮会做家：这条最重要，听话、忠诚绝对是前提。好老公不能是个优秀的反叛者，所以必须“十分听话”。至于“蛮会做家”，那倒不难，在武汉，很多男将比女将更擅长干家务活。

值得一提的是，这条件，那条件，唯独没有“房子”这一条，这是因为那时候还有“福利房”可分，给职工解决“居有其屋”是单位义不容辞的责任，有些大的国营单位，如武钢、武锅等，都建有成片的家属楼。一般来说，只要靠个好单位，小年青结婚分个房子问题不大，只是条件较差，面积很小，但好歹也是个“窝”。现如今的年青伢，找对象容容易易，买房子难上加难！

谣谚是一种民间的意识形态，通俗明白的话语浓缩了人们的理想愿望、喜怒哀乐，它来自于社会，也是一种社会阶层的整体反映。改革开放，首先是思想解放。睁眼看世界，让人们从狂热中清醒，从幻想中挣脱。虽然，此谣带有明显的搞笑成分，但也真实反映了随着时代的变迁，人们不再把政治条件作为择偶标准的首要，社会普遍开始有了物质享受的觉悟，开始有了生活质量的追求。

月亮走

“月亮走，我也走”，是中国最经典的传统童谣之一，流传范围十分广泛，几乎全国各地都有，且有多种版本。

孩童望月吟唱之戏。在晴朗的夜空中，皎月如洗，抬头望月，孩子们会惊奇地发现月亮会随着自己来回走动，人停它停，人动它动，非常有趣，于是就有了这首谣歌。

月亮走，我也走，我跟月亮提笆篓。笆篓破，摘菱角；菱角尖，杵上天；天又高，打把刀；刀又快，切芹菜；菜又甜，好过年；年一过，好推货；货一推，好抱鸡；鸡一抱，好修庙；庙一修，好打鞦；鞦一打，好跑马；马一跑，好烧窑；窑一烧，一烧，烧得丈把高。

选自北京大学歌谣研究会《歌谣》（1923 年 4 月 29 日，第 1 卷第 16 号第 6 版），冯家勋搜集。朱介凡《中国儿歌》第 216 页亦有刊载，文字相同。

跟：介词，给。杵：方言音 qǔ，此处为动词，即用长形的东西戳。抱鸡：孵卵的鸡。抱：孵。《广韵》：“抱，鸟伏卵。”推货：推销货物。推：方言音 tī。打鞦：打秋千，秋千旧时写作“鞦韆”。古代拴秋千的绳索为结实起见，通常多以兽皮制成，故秋千两字繁写“鞦韆”，均以“革”字为偏旁。

这是一首曾在武汉地区流传最广的“月亮走”，之所以名气大，流传广，还因为它是一首精彩的“连锁歌”。

连锁歌又称连珠体、连环体、连句、衔尾式，是一种运用特殊修辞、结构、用韵手法构建成的传统童谣形式。词句多为互不相连，其连接成歌的秘密在于“接字”，就是前后二句用顶针回文的手法，事意相接，词字相接，不断连环，不断换韵，从而构成谣歌的主体。连锁歌有“趁韵、数字、问答、粘连”等形式。“趁韵”又称“凑韵”，仅为了押韵的需要，而不管意义的贴合和内容的相连。

连锁歌题材广泛、音韵流畅、节奏轻快、语言活泼、形象生动、合辙押韵、易于上口、多用比兴，其特点还有语言上的急促性，语法上的不讲究，修辞上的随意性，内容上的信口开河等。它深受孩子们的青睐，不仅能训练儿童的口头语言能力，还能帮助儿童认识自然界，认识社会生活，丰富情感意识。

月亮走，我也走，我跟月亮拆牌九。牌九小，换灯草；灯草多，割耳朵；耳朵高，拿把刀；刀又快，切芹菜；芹菜甜，放把盐；盐太咸，驾洋船；洋船呜呜响，高家的嫁姑娘。

这也是武汉地区流传的一首“月亮走”，也属于“连锁歌”，里面有不少老武汉本土的传统文化信息。

牌九：又称骨牌，是民间流传较广，常用来赌博的一种牌具，玩牌九俗称“拆牌九”。拆，方言音 cě。割耳朵：老武汉有个奇怪的说法，小孩不能用手指月亮，否则月亮婆婆会在半夜下来割你的耳朵。从民俗上分析，这似乎暗含着长辈对小孩的一种教导，即对月亮、对神明、对大自然要崇尊，要怀有一颗敬畏之心。咸：方言音 hán。

高家的：这里不是指姓高的人家，而是民间对老鼠的一种客气称呼，也叫“高大爷”“高大爹”“高客”等。人们认为老鼠有灵性，很难对付，虽极为厌恶却莫奈它何，一方面想方设法要置它于死地，另一方面又想与之和平共处，很矛盾。

嫁姑娘：说来有趣，还有一个对付老鼠的办法，就是把它“嫁”出去，让它到别人家去横行霸道，于是乎，民间就有了“老鼠嫁女”之传说。相传腊月二十四，是老鼠嫁女之日，这一天不能在家中吵闹，不能做响声太大的事情，如推磨、剁肉等，否则，“人闹我一天，我闹人一年”，干扰了老鼠嫁女，老鼠会整年闹得你家无宁日。老武汉四方杂处，民自为俗，各家认定的“老鼠嫁女”时间不一，大概在腊月二十三到正月间，有的还在“嫁女”日，在房间角落里为老鼠点上蜡烛，方便其行走。

武汉有关月亮的童谣还很多，有把月亮叫做“哥哥”的：

月亮哥，满天梭，打铜锣，唱广歌，不是爷娘告诉我，是我聪明会唱歌。

选自北京大学歌谣研究会《歌谣》（1923年12月16日，第1卷第37号第4版），黄朴搜集。梭动：在天空中挪动。梭：方言，一作“趖”。刘赜《楚语拾遗续》（见《国立武汉大学文哲学季刊》第4卷第1期，第179页）中解释为“趖，走，移动”。凡经营外来的百货业，旧时武汉泛称“广货铺”，“广歌”泛指来自南方的歌腔。

有把月亮叫做“婆婆、奶奶”的：

月婆婆，月奶奶，保佑爹，好买卖；不赚多，不赚少，一天只赚三个大元宝！

选自陈和祥编著《绘图本童谣大观》（北京新世界出版社，2007年7月重版第214页）。朱介凡《中国儿歌》81页亦有载录。爹：父亲。元宝由贵重的黄金或白银制成，一般白银居多，是价值不菲的流通货币，其形状仰面似船，伏面似案，中有凸起。元宝起源于唐朝，亦是财富的代名词。

这是一首寄托谣，面对皎洁的月亮，表达了美好的愿景，一天能赚三个大元宝，那真是梦寐以求的好事情。

有把月亮叫做“娘娘”的：

月娘娘，住天河，天河清，游人多。男子汉，穿绸缎；姑娘婆，穿绫罗。小伢们，打赤脚，下了水，过了河。河水河水甜梭梭，舀碗月娘喝一喝。

天河：银河。姑娘婆：姑娘婆婆，武汉话泛指成年的女人。甜梭梭：形容很甜，结构上是典型的“A+双音节叠音后缀”的形容词用法。

这是一首童话谣。一幅曼妙无比、清新醉人的天庭幻象，却又分明是和谐自在、逍遥富足的人间美景，自让人想起了《天上的街市》，又让人有一种飘然欲升的感觉。

主要参考书目

[1] 朱介凡编著．中国儿歌．台北：台湾台北纯文学出版社，1977.

[2] 北京大学研究所国学门歌谣研究会．歌谣（第 1 ～ 2 卷）．1922 年 12 月 17 日—1925 年 6 月 28 日.

[3] 北京大学研究所国学门歌谣研究会．歌谣（第 3 卷）．1936 年 4 月 4 日—1937 年 6 月 26 日.

[4] 武汉市蔡甸区文化馆编．蔡甸民间歌谣集成．1998.

[5] 桂琴甫．新洲县古今民间歌谣．1986.

[6] 朱天民编撰．各省童谣集（第一集）．北京：商务印书馆．1923.

[7] 黎锦晖、吴启瑞、李实编．中国廿省儿歌集．北京：中华书局，1923.

[8] 张正藩、王祖佑编．湖北民歌集．武汉：汉口新昌印书馆，1932.

[9] 朱建颂．武汉民间歌谣．武汉：华中师范大学出版社，2011.

[10] 罗时汉著．白沙洲芦家．北京：中国文联出版社，2006.

[11] 彭翔华编著．武汉民间童谣辑注．武汉大学出版社，2015.